Oh, boy !

Marie-Aude Murail

Oh, boy !

© 2000, l'école des loisirs, Paris, pour l'édition poche
© 1995, l'école des loisirs, Paris, pour la première édition
Loi n° 49.956 du 16 juillet 1949 sur les publications
destinées à la jeunesse : novembre 1997
Dépôt légal : septembre 2018

l'école des loisirs
11, rue de Sèvres, Paris 6e

© 2015, l'école des loisirs, Paris, pour l'édition Médium poche
© 1997, l'école des loisirs, Paris, pour la première édition
Loi n° 49.956 du 16 juillet 1949 sur les publications
destinées à la jeunesse : septembre 1997
Dépôt légal : octobre 2018

ISBN 978-2-211-22279-2

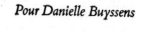

Pour Danielle Buyssens

« L'humour est une déclaration de dignité, une affirmation de la supériorité de l'homme sur ce qui lui arrive. »

ROMAIN GARY

Chapitre 1
Où les Morlevent découvrent qu'ils sont des enfants sans parents

Le 12 de la rue Mercœur à Paris abritait la famille Morlevent depuis deux ans. Trois enfants et deux adultes, la première année. Trois enfants et un adulte, la seconde année. Et ce matin-là, trois enfants seulement, Siméon, Morgane et Venise, quatorze, huit et cinq ans.

— On va faire un jurement, proposa Morgane. On jure que personne peut nous séparer. Hein, Siméon ?

Venise leva la main, prête à jurer. Mais Siméon, l'aîné des Morlevent, restait enfoncé dans ses pensées, assis sur la moquette et le dos collé au mur. Il n'avait plus que… un coup d'œil à sa montre… un quart d'heure pour sauver la situation. L'assistante sociale allait repasser. Elle avait promis à Siméon une «solution définitive». Jusqu'à présent, elle ne lui avait pondu que des solutions provisoires : la gardienne de Venise, la concierge d'en face ou la voisine du dessus. Mais ces braves personnes avaient trop peur qu'on leur refile trois orphelins de quatorze, huit et cinq ans. Total : ils étaient là, dans leur appartement, attendant l'«assistance sociable», comme l'appelait Venise.

– Elle va nous coller dans un foyer, prédit Siméon.

Car ils n'avaient aucune famille, pas de grands-parents, d'oncles ni de tantes, pas même un parrain. Rien. La famille Morlevent, c'étaient trois enfants, point. Venise interrogea sa sœur du regard.

– Un « foyer », expliqua Morgane, c'est un genre d'hôtel pour les enfants qu'ont pas de parents.

– Ah bon, dit simplement Venise.

Depuis la veille, ils étaient des enfants-qui-n'ont-pas-de-parents. Venise l'admettait parfaitement. Les gens n'avaient pas de raison de lui mentir. En même temps, ça n'avait aucun sens. Maman était peut-être morte, mais elle devrait la conduire à la danse, lundi, parce que la dame du cours de danse, elle n'aime pas qu'on manque.

Siméon consulta sa montre : dix minutes. Il lui restait dix minutes. Au-dessus de son bracelet de montre, il aperçut cette tache rouge qui s'étalait sur son bras depuis la veille. Il rabattit sa manche.

– Papa n'est pas mort, il a disparu, dit-il pensivement. Ils vont chercher de son côté.

Mais on l'avait déjà cherché pour lui faire payer la pension alimentaire de ses enfants. Tout ce qu'on avait appris, c'était qu'il avait été marié très jeune et qu'il avait abandonné sa femme et…

– Ça y est ! s'écria Siméon en faisant claquer ses doigts maigres.

La solution. Il l'avait ! La femme que leur père avait épousée ? Non, bien sûr que non. Ce serait comme la gardienne de Venise ou la concierge. Dès qu'on pousserait trois orphelins sur son palier, elle prendrait aussi sec une tête de solution provisoire. Non, la solution définitive, c'étaient les enfants issus de ce mariage.

– On… on a le… le même père. On… on est de… du même sang.

Siméon en bégayait, ébloui par cette brutale révélation. Ils avaient de la famille. Bon, ils ne l'avaient jamais vue et c'était la première fois que lui-même y pensait. Mais ces gens-là portaient le même nom qu'eux.

– Morlevent! Ce sont des Morlevent comme nous. On n'est pas les seuls à porter ce nom à la con! s'enthousiasma Siméon.

Cinq minutes. Dans cinq minutes, il faudrait convaincre l'assistante sociale. Siméon serra les poings. Venise le questionna:

– Mais on le fait, le jurement, ou pas?

– On le fait, dit l'adolescent. Écoutez, les filles. Sur terre, il y a d'autres Morlevent que nous, je ne sais pas combien. Ce sont nos demi-frères et nos demi-sœurs. Ils sont nés avant nous. Ils sont plus vieux que nous. Vous comprenez? On DOIT leur confier notre garde.

Venise, fermant à demi les yeux, vit sortir de terre des jeunes gens brandissant l'épée: la garde des Morlevent. Plus réaliste, Siméon s'interrogeait déjà sur l'obligation qu'ont les aînés d'élever des frères et sœurs orphelins. Le garçon étendit devant lui son poing et dit avec un sérieux surprenant:

– Les Morlevent ou la mort.

Morgane posa son poing sur le sien et Venise compléta la pile en répétant:

– Les Morlevent ou la mort.

Puis elle ajouta:

— C'est quoi que tu as sur le bras ?

La manche avait remonté. Siméon tira dessus en marmonnant :

— Rien. Un coup.

On entendit alors claquer la porte d'entrée. C'était Bénédicte Horau, l'assistante sociale.

— Ça y est, les enfants, dit-elle, tout essoufflée par ses démarches, j'ai une solution !

— Nous aussi, répondit Siméon.

— Ouais, on a toute une garde de frères ! ajouta Venise en faisant le Z de Zorro avec une épée imaginaire.

Morgane se voulut plus objective.

— C'est seulement des demis du mariage à Papa. Mais ça compte quand même. À l'école, j'ai 9,5 de moyenne et Lexane a 9. Je suis devant elle au classement.

Notant l'air ahuri de l'assistante sociale, Morgane fit un nouvel effort d'explication.

— Ma copine Lexane, elle est chinoise. Elle a des faux parents parce qu'elle est adoptée. Mais elle trouve que c'est mieux que rien. C'est comme les demis, c'est mieux que pas du tout.

« Ils sont très perturbés », songea Bénédicte, qui avait besoin de s'en tenir à des choses simples.

— Bon, dit-elle, je vous ai trouvé de la place au foyer de la Folie-Méricourt. C'est très pratique parce que vous pourrez continuer à aller à votre école et…

— Vous n'avez pas compris, l'interrompit Siméon.

— Ouais, on veut aller chez nos frères ! glapit Venise (qui avait décidément une préférence pour les hommes).

— Ou on se tue, compléta Morgane sur un ton purement informatif.

Cette dernière phrase alerta Bénédicte. On avait menti aux enfants Morlevent pour ne pas les bouleverser davantage. On leur avait dit que leur mère s'était tuée accidentellement, en tombant dans l'escalier. En fait, elle avait avalé du détergent pour la vaisselle. Puis, dans l'horreur des souffrances provoquées par le produit, elle était sortie de l'appartement pour appeler au secours. Et elle était tombée dans l'escalier. C'était un suicide.

– Écoutez, les enfants...

– Non, VOUS, écoutez-nous, dit Siméon. Nous avons de la famille et il faut la prévenir. Mon père a déjà eu des enfants.

Siméon en ignorait et le nombre et le sexe. Il ne s'était jamais intéressé à la question. Un jour, dans un accès de déprime, sa mère avait seulement laissé échapper : « Ce salaud ! Ce n'est pas la première fois qu'il abandonne des enfants ! »

– Morlevent, ce n'est pas un nom courant. On doit pouvoir les retrouver, insista Siméon.

Bénédicte secoua la tête d'une façon qui ne voulait dire ni « oui » ni « non ».

– Pour le moment, je vais vous accompagner au foyer. C'est le plus urgent.

– Non, dit Siméon. Le plus urgent, c'est de savoir dans quelle mesure on peut confier la garde d'orphelins à des demi-frères ou sœurs, dans le cas où ils sont majeurs. Vous pourriez me procurer un Code civil ?

Bénédicte regarda Siméon sans pouvoir prononcer un mot. Elle avait l'habitude des adolescents. À sa connaissance, ils ne parlaient pas de cette façon.

— Je suis surdoué, lui dit Siméon presque comme s'il s'excusait.

Monsieur Mériot, le directeur du foyer de la Folie-Méricourt, avait d'abord refusé d'accueillir la fratrie Morlevent. Son centre n'hébergeait que des garçons entre douze et dix-huit ans. Il pouvait accepter Siméon, mais pas ses petites sœurs.

— Ils sont très perturbés, dit Bénédicte au directeur. Une séparation serait une catastrophe affective pour eux. Je vais leur chercher une famille d'accueil, mais en attendant…

Tout en parlant, elle regardait autour d'elle pour juger de la bonne tenue du foyer. Des ados jouaient au baby-foot dans son dos et elle entendait fuser les traditionnels : «Ta race !» et : «Je vais te niquer !»

— Les petits Morlevent sont très isolés, reprit-elle. Ça leur fera du bien de se retrouver avec des jeunes de leur âge.

— Cinq et huit ans, observa monsieur Mériot, toujours réticent, on ne peut pas dire que ce soient des ados !

Bénédicte décida de jouer une autre carte en apitoyant le directeur :

— Leur situation est vraiment tragique. Leur père a disparu dans la nature et leur mère, en pleine dépression nerveuse, vient de se suicider en avalant du Sun Vaisselle.

Le directeur eut une grimace douloureuse. Derrière eux, les insultes avaient cessé. On écoutait.

— Bon, amenez-les, céda monsieur Mériot, culpabilisé. Je veux bien vous dépanner.

Par exception, donc, Morgane et Venise obtinrent une

toute petite chambre au foyer de la Folie-Méricourt. On aurait pu penser qu'on avait débarrassé pour elles le placard à balais. L'unique fenêtre donnait sur une courette où des eaux usées se déversaient d'un tuyau crevé, faisant entendre un bruit navrant de flic flac sur les pavés. Par comparaison, leur frère était royalement logé dans une chambre claire et spacieuse. Malheureusement, Siméon devait la partager avec Tony, un camarade de son âge. Tous les soirs, Siméon bénissait l'inventeur du baby-foot car, tous les soirs, Tony retrouvait les autres dans la salle du «baby». À ce moment-là, et à ce moment-là seulement, Siméon pouvait sortir les livres de classe qu'il dissimulait au fond de sa valise. Il savait depuis longtemps, depuis la crèche très exactement, qu'il avait tout intérêt à cacher sa différence à ses contemporains.

«Peuvent être dispensés de la tutelle, ceux à qui l'âge, la maladie, l'éloignement, des occupations professionnelles ou familiales exceptionnellement absorbantes rendraient particulièrement lourde cette nouvelle charge.»

Assis sur la moquette et dos au mur, Siméon soupesait chaque mot du Code civil qu'il avait emprunté au CDI de son lycée. D'après la loi, il semblait difficile de refuser la tutelle d'un mineur orphelin quand on en était le grand-père ou la grand-mère. Mais on ne disait rien de précis au sujet des frères et sœurs. Et encore moins au sujet des demis. Un grattement à la porte interrompit la lecture de Siméon. Les deux sœurs se faufilèrent dans la chambre.

— Alors? demanda respectueusement Morgane.

— J'avance, lui répondit Siméon en refermant son Code civil. Après, je potasserai le Code pénal pour savoir combien j'aurai d'années de prison si j'assassine Dents-de-lapin.

Dents-de-lapin, c'était le surnom de Tony.

— Vous, vous avez de la chance, dit Siméon. Vous êtes ensemble, le soir.

Il avait vu leurs deux lits côte à côte. Il aurait voulu dormir là, à leurs pieds, au milieu des peluches.

— Oui, mais Morgane, elle raconte pas les histoires aussi bien comme Maman, se plaignit Venise.

Un ange passa au-dessus des enfants Morlevent. L'ange muet des grandes douleurs.

— Oui, bon, fit Siméon, d'une voix éraillée. Mardi, on voit le juge.

— Pourquoi qu'on nous juge ? se révolta Venise. C'est pas ma faute si Maman, elle est mort dans l'escalier.

Siméon désigna Venise à sa cadette.

— Tu lui expliques ?

— C'est pas un juge pour punir, commença Morgane. C'est pour dire où on va aller, après le foyer...

— Tu lui expliques dehors, coupa Siméon en montrant sa porte. Je dois encore réfléchir.

Les filles sortirent sans protester. La réflexion de Siméon, c'était sacré. Le garçon regarda sa montre. Il était 21 h 15. Au-dessus de sa montre, la tache rouge bleuissait lentement. Il y en avait une autre qui gagnait sur l'autre bras. Il ne voulait pas y penser.

— 21 h 15, dit-il à mi-voix pour se concentrer sur autre chose.

À 21 h 30, Dents-de-lapin serait de retour dans la chambre. Donc, il restait quoi ? Un quart d'heure. Un quart d'heure pour pleurer.

«Tout ça, pensa Siméon en étouffant ses sanglots dans l'oreiller, c'est une question d'or-ga-ni-sa-tion. »

Les bras de la nuit se refermèrent sur lui.

— Maman, soupira-t-il en s'endormant.

Le lendemain matin, Siméon croisa dans un couloir deux grands ados du foyer qu'il ne connaissait que de vue. Ils lui barrèrent la route.

— Alors, c'est vrai ce que disait Dents-de-lapin sur ta mère, hier soir, au baby?

Siméon évalua la situation. Il était seul dans le couloir. Les deux autres faisaient une tête de plus que lui. Il ne fallait ni se dérober ni provoquer.

— Je ne sais pas de quoi vous parlez, répondit-il, le ton neutre.

— Que ta mère, elle s'est tuée en buvant du Canard Vécé.

La douleur déchira le maigre corps de Siméon. Il comprenait enfin ces regards qu'on lui jetait, entre horreur et pitié, ces murmures qui s'éteignaient quand il entrait dans une pièce. Il prit le temps de sourire avant de répondre.

— N'importe quoi! C'était du Décap four.

Le foyer de la Folie-Méricourt était un concentré de misères juvéniles. Mais ça, ça en imposait. Les deux garçons, bizarrement impressionnés, se collèrent au mur pour laisser passer Siméon. Quand celui-ci entra dans la salle du petit déjeuner, il vit tout de suite que les deux petites sœurs déjà attablées avaient pleuré.

— Qu'est-ce qui ne va pas? demanda-t-il en s'asseyant devant son bol.

– C'est Dents-de-lapin, répondit Morgane. Il dit que Maman est morte parce qu'elle a… qu'elle a… bubu… bubu…

Elle se mit à sangloter, momentanément incapable de terminer sa phrase. Siméon se tourna vers sa petite sœur qui chuchota comme un secret honteux :

– Parce qu'elle a bu du Canard Vécé.

Siméon prit de nouveau le temps de sourire. C'était un truc qu'il avait pour préparer ses réponses lorsqu'il était un peu pris de court.

– N'importe quoi, dit-il avec autorité. On n'a jamais eu de Canard Vécé à la maison.

– Ah bon, soupira Venise, pleinement réconfortée.

Chapitre 2
Où les enfants Morlevent attendent un Roi mage

Madame la juge des tutelles, Laurence Deschamps, était une jolie femme énergique et un peu boulotte qui carburait au chocolat noir. Du Nestlé 52 % de cacao, amer et doux, fondant et râpeux, qu'elle cachait dans le tiroir de son bureau. Devant l'aridité du dossier Morlevent, madame la juge décida de s'offrir deux carrés bien noirs, bien durs. Mordant à même la plaque, elle y imprima la trace de sa robuste denture.

– Entrez ! fit-elle, un peu confuse, en entendant frapper.

Elle referma précipitamment son tiroir et essuya du petit doigt le coin de ses lèvres. Elle avait la hantise de trahir son secret en montrant aux autres des moustaches de chocolat. Bénédicte Horau, la jeune assistante sociale, entra dans le bureau de madame la juge. Les deux femmes travaillaient ensemble depuis peu et se connaissaient mal.

– Asseyez-vous, dit Laurence, la bouche encore empâtée par le chocolat et prenant un air majestueux par compensation.

Intimidée, Bénédicte s'assit au bord de la chaise.

— Je vous ai fait venir au sujet des petits Morlevent, dit la juge. Tout d'abord, est-ce qu'ils se sentent bien dans le foyer où vous les avez placés ?

Comme le ton était abrupt, Bénédicte crut y percevoir un reproche. Elle regarda fixement la juge sans trop savoir quoi répondre. « J'ai des moustaches de chocolat », se méprit Laurence et elle frotta le bord de ses lèvres d'un air de méditation douloureuse.

— Comment réagissent-ils ?

— Eh bien, je ne... Ils sont perturbés, dit Bénédicte, se raccrochant à sa formule préférée.

— Évidemment. L'aîné... c'est un garçon, je crois ?

— Oui. Siméon.

— Quatorze ans, c'est ça ?

— Oui.

— Tendance à se replier ou plutôt agressif ?

— Nnnon, hésita Bénédicte, qui ne savait vraiment pas quoi penser du garçon.

— Il arrive à parler ? insista la juge. Il est choqué ?

— Pas... pas vraiment.

Agacée, la juge se mit à feuilleter le dossier.

— Incroyable ! dit-elle. Ce désert dans lequel ils sont ! Pas de famille, pas d'amis. Rien. Le vide social. Je ne vois pas comment je pourrais désigner un tuteur ou constituer un conseil de famille.

— Il y a la gardienne de Venise. Elle veut bien s'occuper de la petite si on cherche une famille d'accueil pour elle.

— Ouiii, soupira Laurence Deschamps. Ce serait dommage de faire éclater la fratrie. Quatorze ans, le garçon ? Il est en... quatrième ?

– En terminale, bredouilla l'assistante sociale.

– Non. Pas à quatorze ans, rectifia la juge, comme si la chose allait de soi.

Puis elle fronça les sourcils car elle venait de lire dans le dossier : «Siméon Morlevent, 14 ans, terminale S au lycée privé Sainte-Clotilde.»

– Mais c'est un phénomène! s'exclama la juge.

– Ça, vous pouvez le dire! se soulagea l'assistante sociale, que Siméon mettait mal à l'aise. Il ne ressemble pas à un enfant normal. D'ailleurs, il se prend pour un surdoué.

– C'en est un, remarqua Laurence.

Le cas Morlevent devenait soudain passionnant. La juge avait entre les mains le destin d'un jeune surdoué. «Siméon Morlevent», le nom même était intrigant. Romantique. Un bel adolescent farouche... Laurence avait en elle une terrible fringale d'aimer que le chocolat n'apaisait pas tout à fait. Veiller sur un jeune surdoué, l'aider à trouver son équilibre, le pousser dans la vie... Elle pensait à tout cela confusément en se répétant : «Siméon Morlevent.»

– Vous disiez? sursauta-t-elle.

L'assistante sociale avait continué de parler tandis que la juge s'était prise à rêvasser.

– Mais au sujet des demi-frères ou sœurs...

– Quels demi-frères? s'étonna Laurence.

– Il paraît qu'il existe d'autres Morlevent. Le père se serait marié et aurait eu des enfants.

– Ce n'est pas indiqué dans le dossier.

– C'est le gamin qui prétend cela.

Bénédicte n'avait pas apprécié la façon dont Siméon s'était adressé à elle pour lui en parler.

— Si ces Morlevent existent, dit la juge, c'est très important. Le nom n'est sûrement pas courant. Il faudrait vérifier si…

Sans ajouter un mot, Laurence fit pivoter son fauteuil pour se retrouver face à son ordinateur. En quelques gestes vifs, elle se connecta au service annuaire du Minitel puis tapa : MORLEVENT PARIS 75. L'écran afficha deux réponses. L'une concernait le docteur Josiane Morlevent et l'autre, un certain Barthélemy Morlevent. La juge releva les deux adresses puis, par prudence, lança une recherche de « Morlevent » sur l'ensemble de la France. Elle ne trouva personne d'autre.

Laurence consulta son agenda. Les enfants Morlevent devaient lui être présentés le mardi suivant. On était vendredi. Il lui fallait mener sa petite enquête rondement. Le docteur Josiane Morlevent habitait non loin du bureau de la juge. Elle commencerait par elle, dès le lendemain.

Le samedi matin, Laurence se retrouva au bas d'un immeuble bourgeois, près du parc Montsouris. Le docteur Morlevent était ophtalmologue. Une dame d'un certain âge et dont l'embonpoint fit plaisir à la juge ouvrit la porte avec beaucoup de solennité.

— Vous avez rendez-vous ?

— Non. Je suis madame Laurence Deschamps, juge des tutelles.

Laurence savait que son titre n'évoquait rien de précis dans l'esprit des gens mais que le terme de « juge » suffisait à les affoler. D'ailleurs, la secrétaire du docteur Morlevent

porta une main à sa lourde poitrine comme pour contrô-
ler les battements de son cœur.

— Que se passe-t-il ? fit-elle.

— Rien de grave, répondit la juge qui, songeant aux
orphelins, ajouta : Du moins, rien de grave pour le docteur Morlevent. J'aurais souhaité lui parler au sujet de son
père, monsieur Georges Morlevent.

— Mais ce n'est pas son père ! se récria la dame. Ma
fille… Le docteur Morlevent est ma fille…

La juge fit signe qu'elle avait compris.

— Ma fille a été reconnue par mon premier mari.
Elle porte son nom, mais c'est tout.

Josiane Morlevent était donc une fille naturelle adoptée par Georges Morlevent. Elle n'avait pas de lien de
sang avec les trois petits Morlevent.

— Georges est décédé, sans doute ? s'informa la bonne
dame, avec une lueur au fond des prunelles.

La juge eut un sourire un peu désabusé.

— Il ne s'agit pas d'héritage, madame. Ou alors, c'est
un héritage assez difficile à assumer. Monsieur Morlevent
laisse trois jeunes enfants à élever.

La dame fit un pas en arrière exactement comme si
quelque chose venait de se détacher du plafond pour tenter de l'écraser.

— Oh ! Mais je vous l'ai dit, hein ? Ma fille n'a rien à
voir avec Georges Morlevent. Rien. Ni moi non plus.

Le ton était devenu âpre. Presque vulgaire. Laurence
Deschamps sentit monter en elle une vague de colère.
Heureusement, Siméon, le petit surdoué, n'avait pas de
lien de parenté avec cette mégère !

— Il y a un nom en commun, dit tout de même

Laurence. J'aimerais que votre fille se rende à ma convocation, mardi 13 décembre à 11 heures. Peut-être se sentira-t-elle un peu plus concernée que vous ?

Une fois dans la rue, et plutôt mécontente, Laurence s'aperçut qu'elle avait oublié de poser la seule question qui eût encore un intérêt. Barthélemy Morlevent était-il, lui aussi, un enfant naturel reconnu par Georges Morlevent ? Si c'était le cas, les petits Morlevent verraient s'envoler leur dernier espoir de famille. Ils deviendraient des pupilles de l'État, ballottés de foyer en placement, dans l'attente improbable d'une adoption.

Barthélemy Morlevent habitait, dans le quartier du Marais, un cinquième étage sans ascenseur. Cette découverte, au pied du raide escalier, démoralisa si bien la juge qu'elle plongea une main dans son sac. D'un petit mouvement du poignet, crac, elle détacha un carré de la plaque. Laurence le glissa furtivement dans sa bouche. Comme elle avait cinq étages devant elle, elle choisit de faire fondre le chocolat plutôt que de le croquer. C'était un délice de laisser la pâte de cacao s'étaler doucement sur la langue, napper le palais, mousser sur les gencives et c'était en même temps un supplice de ne pouvoir enfoncer les dents dans le petit cœur dur du carré. Mais non, il ne fallait pas. Le carré ramolli passait et repassait sous la meule des molaires sans que jamais celle-ci ne le broie. Au quatrième étage, n'y tenant plus, Laurence écrabouilla ce qui restait du chocolat.

– Monsieur Barthélemy Morlevent ?

Un jeune homme tout grêlé de son et assez vilain venait d'entrebâiller la porte.

– Non. Chuis Léo.

— Laurence Deschamps, juge des tutelles. Je souhaiterais parler à monsieur Morlevent.

— L'est pas là. C't à quel sujet ?

Le garçon parlait d'une manière affectée, en avalant les mots.

— Au sujet de son père, Georges Morlevent.

Le jeune homme qui se tenait très déhanché sur la droite se déhancha brusquement à gauche en s'écriant :

— Bart s'en fout 'plètement d'son père !

— Peut-être, dit Laurence. Mais ce n'est pas à vous d'en décider. Je souhaite voir monsieur Morlevent mardi 13 à 11 heures. Voici ma carte. Vous vous souviendrez ? Mardi sans faute. La loi l'exige.

Le garçon ne lui répliqua pas qu'il s'en foutait 'plètement, mais son regard qui sautillait de droite et de gauche pour éviter la jeune femme le disait à sa place.

Quand elle revint chez elle, Laurence eut le sentiment d'avoir perdu sa matinée. Qui s'encombrerait de trois orphelins sans y être contraint ? Puis elle se répéta le nom du petit surdoué : « Siméon Morlevent », et elle sourit. Elle, elle s'en occuperait.

Mais ce n'était pas le programme de Siméon. Après avoir cuisiné l'assistante sociale, le garçon avait appris tout ce qu'elle-même avait découvert sur les autres Morlevent, en menant sa propre enquête. Le lundi soir, dans la chambre des petites, Siméon tint avec ses deux sœurs ce qu'ils appelaient un *pow-wow*. Dans la tradition des tribus indiennes, tous trois s'enveloppaient de couvertures et délibéraient, assis en tailleur sur la moquette. Quand ils étaient encore en famille, les enfants Morlevent se passaient une pipe allumée, les soirs de *pow-wow*. Georges, leur père, trouvait cela marrant. Il encourageait toutes les excentricités. «Tu es irresponsable», disait Maman. Elle l'avait dit si souvent qu'il avait fini par lui prouver qu'elle avait raison. En partant.

— Écoutez, les filles, dit Siméon, assis en tailleur dans sa couverture. Voilà notre situation. Il y a deux autres Morlevent sur la terre.

— Fille ou garçon? demanda Venise, pour qui la question était centrale.

— Il y a une femme qui est ophtalmologue.

Venise n'eut même pas à demander d'explication à sa sœur. Comme si elle était la version sous-titrée de Siméon, Morgane dit rapidement :

— C'est le docteur des yeux.

— Elle s'appelle Josiane. Et en fait, ce n'est pas une vraie Morlevent. Elle s'appelle comme nous parce que Papa l'a reconnue.

— Il l'a reconnue où? demanda Venise.

Siméon fit signe à sa sœur. Morgane n'eut qu'une brève hésitation.

— Ça veut dire qu'il l'a adoptée. Comme ma copine Lexane à l'école.

— Ah bon, fit docilement la petite sœur.

— L'autre Morlevent, c'est un vrai. C'est notre demi-frère. Il travaille dans un magasin d'antiquités.

Le mot de «vendeur» répugnait à Siméon. Vendeur, c'était la même chose que con. Mais il avait gardé le meilleur pour la fin.

— Il s'appelle Barthélemy.

— Wah! firent les deux sœurs.

— C'est comme le Roi mage, s'extasia Venise.

Morgane et Siméon se regardèrent en souriant. Tous les deux savaient que la petite sœur confondait avec Balthazar. Mais l'idée d'un grand frère qui arriverait à dos de chameau n'était pas pour leur déplaire. Il y eut un long silence chargé de magie. Siméon, pourtant si intelligent, ne supposa pas un instant que peut-être le grand frère se foutait 'plètement d'eux...

Madame la juge ne se berçait pas des mêmes illusions, ce mardi matin, tandis qu'elle attendait tous les Morlevent qu'elle avait convoqués. Avant le rendez-vous, elle faisait le point avec l'assistante sociale.

— Madame Josiane Morlevent a trente-sept ans, lui apprit Bénédicte Horau. Elle devrait en fait s'appeler Josiane Pons. C'est à cinq ans qu'elle a été reconnue par Georges Morlevent. Et même maintenant, elle ne devrait pas s'appeler Morlevent.

— Comment ça ? s'étonna Laurence.

— Elle est mariée depuis trois ans avec un monsieur Tanpié. Seulement, elle n'a pas voulu changer de nom pour sa clientèle.

Décidément, le lien de l'ophtalmologue avec les enfants Morlevent était des plus ténus.

— Dommage, soupira la juge. Un médecin des beaux quartiers, ç'aurait bien fait notre affaire pour la tutelle.

Les deux jeunes femmes échangèrent un sourire. Chacune à leur manière, elles prenaient à cœur le dossier Morlevent, ce qui les rapprochait.

— Barthélemy Morlevent n'a que vingt-six ans, reprit Bénédicte.

– Vous l'avez vu ?

– Non. Je n'ai pas vu l'ophtalmo non plus. Lui, c'est bien le fils de Georges Morlevent, mais il n'a jamais connu son père.

– Un demi-frère, dit pensivement la juge.

Pouvait-on imposer à un jeune homme l'écrasante responsabilité de trois enfants ? Et la juge devrait-elle le menacer de sanctions s'il refusait de prendre contact avec sa fratrie ?

– Oui, entrez !

Laurence jeta un coup d'œil à sa montre. Il n'était que 10 h 50.

– Madame Josiane Morlevent, annonça la secrétaire par l'entrebâillement de la porte.

– Tiens, tiens, murmura la juge. Le médecin des beaux quartiers.

L'assistante sociale se redressa sur sa chaise. La curiosité tendait son visage. La situation des enfants Morlevent semblait si désespérée qu'on en était réduit à attendre Zorro. Pour la circonstance, Zorro portait un tailleur gris clair et un pull Rodier.

– Bonjour, mesdames. Vous êtes madame Deschamps ? Permettez-moi de vous dire que vous m'avez mise dans une situation extrêmement délicate en me convoquant ce matin. Je devais opérer une vieille dame de la cataracte à 11 heures précises. On ne bouleverse pas ainsi l'emploi du temps d'un médecin.

Josiane Morlevent avait débité son discours d'un ton pincé. Elle n'était pas n'importe qui. Il était nécessaire de le faire savoir d'entrée de jeu.

– Je suis désolée de vous avoir bouleversée, répliqua

Laurence, qui commençait à être en manque de chocolat. C'est vrai qu'il ne s'agit que de trois enfants abandonnés par leur père et dont la mère vient de décéder.

— Merci pour la leçon de morale, ironisa l'ophtalmologue en s'asseyant. Venons-en aux faits. Ces enfants n'ont donc pas de grands-parents ?

— Aucune famille en dehors de vous et…

— Ils ne sont pas de ma famille, coupa Josiane.

— Vous êtes une Morlevent par adoption.

— En cherchant bien, nous sommes tous parents, se moqua encore Josiane. Quel âge ont-ils ?

— Quatorze, huit et cinq ans.

— Cinq ans… C'est un garçon ?

— Une petite fille.

— Une petite fille… À la rigueur, dit le médecin avec une moue, comme une cliente qui se laisserait bien tenter. Elle est mignonne physiquement ?

— Je ne sais pas. Je ne l'ai pas vue.

Bénédicte et Laurence échangèrent un regard scandalisé. Les deux jeunes femmes ne pouvaient pas deviner que l'ophtalmologue essayait depuis trois ans de tomber enceinte et que trois échecs d'insémination artificielle l'avaient presque acculée à la dépression. Alors, une petite fille de cinq ans toute faite, si elle était jolie et intelligente, après tout, pourquoi pas ? Josiane avait d'ailleurs entendu dire qu'on tombait parfois enceinte après avoir adopté un enfant.

— Évidemment, les deux autres, c'est hors de question, ajouta-t-elle, en balayant Morgane et Siméon d'un revers de la main.

31

Ils étaient trop vieux.

— On évite de séparer les frères et sœurs, intervint l'assistante sociale.

— C'est un lot? fit Josiane, sur ce ton d'ironie qui convenait si peu à la situation. Je souhaite bien du plaisir au gagnant.

Trois petits coups frappés à la porte interrompirent la conversation.

— Ce sont les enfants, signala la secrétaire avec l'air apitoyé qu'elle pensait devoir prendre.

La juge en eut comme un choc au cœur. Elle allait voir son petit surdoué. Sans s'en rendre compte, elle y avait beaucoup pensé. Elle aussi avait mentalement séparé un des enfants Morlevent du reste de la fratrie. Or, quand ils entrèrent dans le bureau, le frère poussant devant lui les petites sœurs, la juge et le médecin comprirent immédiatement qu'elles avaient un bloc en face d'elles. Pour en détacher l'un ou l'autre, il faudrait y aller à la tronçonneuse. En apercevant Siméon, Laurence ne put retenir un petit « oh » de déception. Le bel adolescent était en fait un garçon maigre qui plissait des yeux méfiants derrière des lunettes rondes. Sa cadette, Morgane, avait tout pour se faire surnommer «la binoclarde», un nez en trompette chevauché par des lunettes cerclées de rouge et des oreilles décollées, soigneusement mises en valeur par un serre-tête.

— C'est qui qui juge? demanda Venise.

Sa petite voix amena instantanément un sourire sur le visage des trois adultes.

— Adorable, lâcha Josiane à mi-voix.

Venise était exactement le genre de petite fille qu'une

dame en pull Rodier pouvait souhaiter se procurer. Avec des cheveux d'or chaud et des yeux bleu star, c'était vraiment la poupée qui fait tendre les bras et dire : « Je la veux ! » Josiane s'abstint néanmoins car Siméon, flairant le vent, venait de poser sa main sur l'épaule de la petite.

— C'est moi la juge, dit Laurence. Mais rassure-toi, je ne suis là que pour vous aider. Asseyez-vous, tous les trois.

Laurence guettait Siméon du coin de l'œil. Il s'assit bien au fond de son siège et croisa les bras. Laurence fit les présentations.

— Vous connaissez déjà Bénédicte, qui est votre assistante sociale ? Et voici Josiane Morlevent…

— Je sais pas pourquoi, toutes les femmes sont jolies ici, s'étonna la petite.

La remarque était aussi juste qu'inattendue. Les trois jeunes femmes se mirent à rire.

— Josiane Morlevent porte votre nom, reprit la juge en s'adressant surtout aux petites. Mais elle n'est pas tout à fait de votre famille. Disons qu'elle est…

Laurence hésita deux secondes. C'était une de trop pour l'impatient Siméon.

— C'est la demi-sœur de notre demi-frère, compléta le garçon.

La juge n'avait pas encore envisagé les choses sous cet angle.

— Eh bien, oui, on peut aussi dire ça. Vous avez un bon esprit de synthèse, Siméon.

Le garçon apprécia le vouvoiement. Il inclina un peu la tête en signe de remerciement.

— Avez-vous pu vous remettre au travail ? lui demanda Laurence.

— J'ai eu 19 à mon dernier contrôle de physique. Je ne crois pas que ce soit le problème.

Siméon sentit en terminant sa phrase qu'il avait gaffé. Il avait l'air prétentieux. Et comme souvent, il n'avait pas dit ce que son cœur lui criait. Il aurait dû répondre : « Ça m'est égal, l'école. Je veux voir Barthélemy. Je veux mon grand frère. J'ai besoin de lui. » Ses yeux s'embuèrent derrière les lunettes.

— Où est Barthélemy ? demanda Morgane, qui servait d'interprète à son frère, même quand il ne disait rien.

— Il est en retard, constata Laurence.

— Il a du mal à garer son chameau, fit Siméon à mi-voix.

Les petites sœurs pouffèrent.

— Parce que vous imaginez qu'il va venir ? dit Josiane. Vous ne connaissez pas Barthélemy. Il n'est préoccupé que de lui. Et d'ailleurs, c'est un hom…

Toc, toc, toc. La secrétaire annonça :

— Monsieur Morlevent.

D'émotion, les trois enfants se levèrent. Depuis qu'ils connaissaient son existence, ils ne pensaient qu'à lui. Venise lui avait déjà fait quatre dessins. Barthélemy entra, la respiration un peu saccadée car il avait couru.

— C'est ici pour la juge ? balbutia-t-il, l'air de tomber de la lune.

Laurence et Bénédicte en restèrent bouche bée. Le Prince Charmant ! Enfin ! Tout de même, la juge enregistra quelques détails un peu dérangeants : la boucle

34

d'oreille, le bronzage impeccable à la mi-décembre et les mèches décolorées.

— Où il est, mon dessin ? Vite, mon dessin de la maison, pleurnichait Venise.

Siméon ne le retrouvait plus. L'apparition de son grand frère le perturbait. Il s'était inventé un Barthélemy, haut de deux mètres, qui aurait dit d'une voix rugueuse : « Allez, les gosses, on ne traîne pas ici. On part en Australie ! »

— Je ne sais pas du tout ce qu'on me veut, mais je plaide non coupable, dit Barthélemy d'une voix bizarrement gnangnan. Oh, boy ! Tu es là, Josiane ?

Sa demi-sœur ne prit même pas la peine de lui répondre.

— Monsieur Morlevent, le prévint la juge assez solennellement, vous êtes en présence de votre demi-frère et de vos deux demi-sœurs, Siméon, Morgane et Venise Morlevent.

— De mon… de mes…, suffoqua Barthélemy.

Venise s'était enfin plantée devant lui, son dessin à la main.

— Je t'ai fait une maison, lui expliqua-t-elle. C'est celle où on va habiter avec toi. Là, c'est mon lit en hauteur et, là, c'est le congélateur.

Barthélemy se baissa pour mieux entendre les commentaires de la petite. À chaque nouvelle précision, il faisait : « Oh, boy ! » l'air effaré.

— Je t'ai dessiné trois cœurs avec ton nom parce que je t'aime un peu, beaucoup, à la folie.

Ils se regardèrent, presque nez à nez, et Venise posa la question fondamentale, celle qui permet d'opérer un premier tri entre les méchants et les gentils.

– Tu aimes les bisous?

Un sourire étonné creusa deux fossettes dans les joues de Barthélemy. Venise lui mit les bras autour du cou et posa un bisou à l'endroit que madame la juge aurait également choisi. Dans le creux de la fossette. Siméon savait que sa petite sœur faisait d'instinct tout ce qu'il fallait faire. Mais il en éprouva un pinçon de jalousie entre les côtes. Sur sa chaise, Josiane Morlevent s'agitait. Enfin quoi, on n'allait pas confier cette petite à Barthélemy! Le bon sens et la morale s'y opposaient.

– Asseyez-vous, monsieur Morlevent, dit la juge.

Il manquait une chaise.

– Pas grave, fit Venise.

Elle s'installa sur les genoux de son grand frère et tout le monde les regarda, le cœur saignant d'envie. Aussi beaux l'un que l'autre et comme sortis du conte de fées bêtement intitulé «Sœurette et Frérot». À la loterie génétique, tout le monde n'est pas verni. «Yeux bleus, yeux d'amoureux»: c'étaient Venise et Barthélemy. «Yeux marron, nez de cochon»: c'étaient Morgane et Siméon.

– Monsieur Morlevent, dit la juge, vos deux demi-sœurs et votre demi-frère ici présents n'ont plus de famille, leur père Georges Morlevent ayant disparu et leur mère Catherine Dufour venant de décéder.

– C'est embêtant, admit Barthélemy, car la juge semblait attendre une réaction de sa part.

Le Prince Charmant lui paraissant un peu lent à la détente, Laurence décida de le brusquer.

– En tant que frère aîné, c'est à vous que nous avons songé pour vous confier la tutelle des enfants Morlevent.

– Vous voyez bien qu'il en est totalement incapable, s'énerva Josiane.

– Ça dépend, fit Barthélemy, boudeur. C'est quoi, votre machin de tutelle ?

Madame la juge apprécia modérément le « machin » et répondit en débitant le Code civil sur un ton courroucé :

– Le tuteur, monsieur Morlevent, règle les conditions d'éducation des enfants dont il a la charge. Il les représente dans les actes de la vie civile et il gère leurs biens en bon père de famille.

– Mais enfin, c'est ridicule ! explosa Josiane, que la scène exaspérait. « En bon père de famille » ! Vous voyez bien que Bart est hom...

– Homme de cœur ! hurla presque la juge de tutelle pour la faire taire.

– De trois cœurs, même, souligna astucieusement Venise.

– N'est-ce pas, monsieur Morlevent ? l'interpella Laurence.

– Oui, mais j'ai pas bien compris. C'est quoi, ce machin de tutelle ?

– Oh, boy ! le singea discrètement Siméon, en levant les yeux au plafond.

Chapitre 3
Où il est difficile d'être Aimée

Siméon ne supportait pas la vie en collectivité. Les bons jours, il se disait que s'il devait finir en enfer il ne verrait pas beaucoup de changement. Les autres garçons l'avaient repéré parce qu'il ne faisait rien comme eux. Il ne s'intéressait ni au baby-foot ni aux blagues de cul. Il se terrait dans la chambre des petites sœurs, assis sur la moquette, le dos collé au mur. « L'autre débile » était l'expression qui résumait l'opinion générale. Dents-de-lapin était devenu son persécuteur attitré. De Siméon il avait tiré « Simone » et le garçon ne pouvait plus faire un pas dans le foyer sans qu'on lui corne aux oreilles : « En voiture, Simone ! » Tony avait aussi fouillé dans la valise de Siméon et découvert l'incroyable, l'intolérable vérité : à quatorze ans, en terminale, non mais, pour qui il se prend, le débile ? Dents-de-lapin avait collé des photos de filles nues dans le livre de philo. Puis il avait sorti tous les devoirs de Siméon, notés entre 18 et 20. Il les avait renotés de 0 à 5 et agrémentés d'obscénités.

Certains soirs, entre 21 h 15 et 21 h 30, Siméon se retenait des deux mains au bord de l'évier. Il pensait à sa mère, au Canard Vécé, agité de sanglots de la tête aux pieds.

Non, jamais il ne ferait ça. Mais il était là, au-dessus de l'évier comme au-dessus du vide, et l'envie de pleurer prenait un goût de sang.

— J'ai fait un autre dessin pour Barthélemy, lui disait Venise, presque tous les matins.

La petite idolâtrait ce grand frère entrevu dans le bureau de la juge. Mais Siméon, lui, avait été déçu.

— Regarde tous les cœurs que j'ai faits pour Barthélemy !

Venise l'agaçait. Pourquoi Barthélemy avait-il droit à trois cœurs et lui, seulement à deux ? Siméon en devenait mesquin. Ce matin-là, il y avait même cinq beaux cœurs rose Barbie pour Barthélemy. Siméon eut un mauvais sourire. Il posa le doigt sur le premier cœur et dit :

— Je t'aime.

Il continua avec les autres cœurs en énumérant :

— Un peu, beaucoup, à la folie, pas du tout.

— Je m'ai trompée ! s'écria Venise en masquant le dernier cœur de sa petite main.

— Trop tard, ricana Siméon.

Venise disparut puis reparut quelques minutes plus tard, un autre dessin à la main.

— Ça, c'est pour toi. Va en enfer !

Siméon sourit tristement, en voyant un drôle de petit bonhomme cornu qui tenait une fourche. Puis le sel des larmes lui brûla les yeux. Ce soir-là, Siméon dormit avec le diable sous son oreiller.

Le 27 décembre, Bénédicte arriva au foyer de la Folie-Méricourt avec deux bonnes nouvelles. Elle réunit les trois enfants dans le bureau de monsieur Mériot, le directeur, et leur annonça :

— Barthélemy vous fait un vrai cadeau de Noël. Il accepte de devenir votre tuteur.

Elle ne leur précisa pas que la juge avait harcelé, supplié, cajolé, menacé Bart pour arriver à ce résultat.

— Et l'autre bonne nouvelle, reprit Bénédicte, ravie de voir tant de sourires autour d'elle, c'est que vous irez dimanche chez Barthélemy !

— Je vais faire ma valise, s'enthousiasma Venise.

L'assistante sociale dut la détromper. C'était juste une invitation pour la journée.

— Pourquoi ? s'étonna la petite fille.

Bénédicte chercha trop longtemps ses mots et Siméon prit sur lui de répondre à sa place.

— La tutelle, ce n'est pas la garde. Pour la garde, il faut voir si on s'entend bien ensemble. Dimanche, on fera un essai.

Il consulta l'assistante sociale du regard.

— Oui, c'est un peu ça, fit-elle, gênée.

En réalité, Barthélemy n'avait manifesté aucune intention de garder les enfants chez lui. Tuteur, soit. Mais de loin. D'ailleurs, Bénédicte cherchait toujours une famille d'accueil pour les enfants Morlevent.

Le dimanche 2 janvier, au matin, commencèrent les grandes manœuvres. Venise rassembla ses trente-deux dessins pour Barthélemy.

— *Pow-wow*, décida Siméon.

Les petits Morlevent s'assirent en tailleur.

— Qui veut rester au foyer de la Folie-Méricourt ? demanda Siméon. Levez la main.

— Zéro, compta Morgane.

— Qui veut vivre chez Barthélemy ?

Trois mains se levèrent.

— À l'unanimité, conclut Siméon. Mais ce n'est pas joué. Écoutez, les filles, Barthélemy n'a aucune envie de nous installer chez lui.

La petite sœur ouvrit la bouche pour protester.

— Non, Venise, non, dit Siméon, qui avait correctement interprété la gêne de l'assistante sociale. Il va falloir convaincre Barthélemy de nous garder.

Venise déplia ses jambes comme pour se relever.

— Je vais lui faire un autre dessin.

Les aînés se regardèrent en souriant. La naïveté de la petite les enchantait.

— Il y a aussi les bisous ? suggéra Venise en repliant ses jambes.

— Ça marchera pour toi, mais pas pour nous, répondit Siméon.

— Pourquoi ? demanda Venise.

— Parce que toi, tu es petite et jolie.

— Et vous, vous êtes…

— Grands et moches, compléta Siméon avec sérénité.

Siméon avait compris chez la juge que Venise trouverait toujours des gens pour l'accueillir et pour l'aimer. C'était même un danger.

— On va refaire le jurement, décida-t-il.

— Qu'on peut pas nous séparer ? questionna Venise.

— Qu'on ne VEUT pas être séparés.

Siméon mit son poing devant lui et dit :

— Les Morlevent ou la mort.

La porte s'ouvrit.

— Vous êtes prêts, les enfants ? lança Bénédicte, avec un enjouement un peu forcé.

La pile s'effondra.

— On y va, chuchota Siméon comme il aurait dit : « À l'attaque ! »

Ce dimanche matin, Barthélemy ressemblait bel et bien à une forteresse assiégée. Trois enfants. Oh, boy ! Mais qu'allait-il en faire ? L'assistante sociale lui avait tracé un programme. Devant son air paniqué, elle avait même fini par le lui écrire. Bart relut le petit pense-bête : « 10 heures, accueil. Visite de l'appartement. »

— Visite de l'appartement, répéta Bart en tournant sur lui-même, au milieu du salon.

Il repéra une revue douteuse sur la tablette et la fit disparaître. Puis il poursuivit la lecture du pense-bête : « 10 h 30, servir une orangeade. Faire connaissance. 11 h 30, aller jusqu'au McDonald's le plus proche. Montrer un peu le quartier. » Pour l'après-midi, Bénédicte avait proposé d'aller au cinéma voir *Mon ami Joe*. Le calvaire de Bart devait prendre fin à 18 heures avec le retour de l'assistante sociale.

— Achetez des feutres, avait-elle aussi suggéré. La petite adore dessiner.

Barthélemy en avait acheté trois pochettes. Le stress le poussait toujours à dépenser.

À 9 heures, le téléphone sonna et Bart croisa les doigts. Avec un peu de chance, un des gosses avait chopé la grippe.

— Bart ? T'fais quoi, c't après-m' ?

Barthélemy en resta muet.

— Allô, Bart ?

— Oui, oui, bonjour Léo. Mais tu n'allais pas voir tes parents pour leur souhaiter la bonne année ?

— I font ch'. Alors ?

— Alors… alors…, s'énerva Bart, cherchant l'inspiration dans le pense-bête de Bénédicte.

— T'es pas libre ? fit Léo, tout de suite soupçonneux.

— Si, si, si, le rassura Barthélemy.

Parce que, en plus, il était tombé sur un mec jaloux. Cette idiote d'assistante sociale n'avait pas prévu ça.

— J'passe après déj' ? insista Léo, une vague menace au fond de la voix.

— Oui, c'est ça. À… après…

Bart en bégayait. Il allait devoir caser Léo entre McDo et Walt Disney. Et que ferait-il des gosses pendant ce temps-là ?

— Je craque, dit-il à son téléphone en raccrochant. Là, je craque.

Étant naturellement survolté, il ne lui en fallait pas beaucoup pour disjoncter. Il décida d'aller faire un footing dans le quartier. Se faire suer pendant une heure lui paraissait la réponse la plus appropriée. Quand il revint tout dégoulinant malgré le froid de janvier, il les aperçut devant son immeuble avec cette peste d'assistante sociale. Les trois au complet, la blondinette qui allait lui faire des bisous dans le cou, la tristoune avec ses oreilles à lui mettre la honte dans tout le quartier et le maigrichon qui avait toujours l'air de le passer aux rayons X. Un bonheur.

— C'est 10 heures ? s'informa Bart comme si on essayait de lui faire faire des heures supplémentaires.

— Moins cinq, répliqua Bénédicte en consultant sa montre. Nous allions monter.

— Bisou ! réclama Venise en tirant sur le sweat de Bart.

— Dans cinq minutes, dit-il sur le ton du caprice.

Bénédicte s'éloigna après leur avoir souhaité un bon dimanche, mais redoutant le pire. Pourquoi les enfants Morlevent avaient-ils si peu de chance ? Sans se soucier d'eux, Bart grimpa l'escalier quatre à quatre. Siméon peina beaucoup dans les deux derniers étages et dut se cramponner à la rampe, la tête lui tournant un peu. Une fois dans l'appartement, les petits Morlevent se tinrent groupés, debout au milieu du salon. Si pitoyables que Bart se radoucit.

— Bon, je prends ma douche. Vous pouvez visiter. Faites comme chez vous.

Il gagna sa chambre et arracha ses vêtements trempés de sueur.

— C'est ta chambre, là ? fit une petite voix.

Bart poussa un hurlement et attrapa son oreiller pour le plaquer devant lui.

— Mais... qu'est-ce que tu fais là, toi ?

— T'as dit de visiter, lui rappela Venise.

Elle lui fit un tendre sourire de connivence.

— T'as un zizi, toi ?

Ce fut Bart qui rougit.

— Mais... comme tous les garçons. Elle est incroyable, celle-là ! Allez, pchi, dehors...

On aurait dit qu'il voulait chasser un petit animal. Cela fit rire Venise, qui tint malgré tout à informer son frère aîné.

— Moi, c'est une zézette que j'ai.

C'est le moment que choisit Siméon pour entrer à son tour.

– Ah, tu es là ? dit-il à Venise, ignorant délibérément Bart, toujours à poil.

– Vous êtes où ? appela Morgane dans le couloir.

– Là ! répondirent Siméon et Venise.

Morgane entra et vit Bart qui gardait son oreiller en cache-sexe.

– C'est ta chambre ? Elle est super-belle. Nous, notre chambre, c'est tout petit-moche.

Barthélemy s'effondra sur son lit, protégeant comme il pouvait sa virilité.

– Venez, on dérange, remarqua enfin Siméon.

Lorsque Barthélemy retourna au salon, douché et presque de bonne humeur, il trouva les enfants Morlevent déjà bien installés. Venise avait étalé sa collection de poupées Barbie et se racontait toute seule des histoires où le passé simple était mis à forte contribution.

– Shelly débouchonna la bouteille et buva tout le champagne. Alors, Barbie arriva en colère et disa : « Qui a prendu tout le vin ? »

– C'est pas moi ! se défendit Bart, en prenant la voix haut perchée de Shelly.

– Tu veux jouer ?

– Non, ça va, refusa Barthélemy.

Mais il s'accroupit, attrapa une Barbie en body moulant et murmura :

– Dis donc, elle a de ces airbags, celle-là.

Venise pressa les seins de la Barbie en faisant « pouin pouin ». Le grand frère et la petite sœur se mirent à rire.

Ils avaient manifestement les mêmes centres d'intérêt. Siméon se racla la gorge dans leur dos. Bart se retourna. Les cadets Morlevent étaient assis côte à côte sur le divan et ils lisaient. *La Petite Maison dans la prairie* pour Morgane et *Le Contrat social* pour Siméon.

— Vous êtes surdoués, tous les deux ? questionna Bart. Ou c'est seulement Siméon ?

— J'ai un an d'avance, fit Morgane, et je suis la première partout.

— Sauf en *gynnastique*, lui rappela charitablement Venise.

— Le sport, c'est pour les cons, trancha Siméon.

— J'en fais beaucoup, dit Bart pour voir.

— Alors, t'es con, pouffa Venise.

— Marre-toi, grommela Bart. Tu n'as pas remarqué que les gens vont par deux dans cette famille ? Il y a Morgane et Siméon qui sont très intelligents et très moches et il y a nous deux qui sommes cons...

— Et très belles, conclut Venise sans mauvaise intention.

Morgane fit observer que c'était comme dans le conte de *Riquet à la houppe*.

— Riquet, il est très moche et très intelligent. La princesse, elle est très belle, mais elle est bête.

— Ça se finit comment ? s'enquit Barthélemy.

— Ils se marirent et eurent beaucoup d'enfants, récita Venise.

— Oh, boy ! gémit Bart. Ils sont devenus cons, tous les deux.

Les enfants Morlevent éclatèrent de rire. Bart alla chercher l'orangeade en sifflotant. Pourquoi était-il soudain si content ? C'était arrivé d'un seul coup lorsqu'il avait vu les trois enfants campant dans son salon. Il était l'aîné des Morlevent et c'était épatant.

— Que voulez-vous voir comme film ? demanda-t-il en posant les verres sur la table basse. Il paraît que *Mon ami Joe…*

Sa phrase resta en suspens. Il venait de repenser à l'ami Léo. Il allait bientôt débouler.

— Siméon, il faut que je te parle d'homme à homme, dit soudain Bart en faisant signe à son jeune frère de se lever et de le suivre.

Ils se réfugièrent dans la cuisine. Siméon, qui se sentait bizarrement fatigué, s'appuya à l'évier.

— J'ai un ami qui va venir tout à l'heure, commença Bart en aplatissant le col du polo de son cadet. Tu comprends ? C'est un ami. Un petit copain, quoi.

Les yeux baissés, Siméon regardait fixement un défaut dans le carrelage de la cuisine.

— Le problème, tu vois, c'est que Léo est hyper-possessif, le genre de type qui est jaloux de ton pull si tu le mets trop souvent.

Siméon leva les yeux vers le plafond en poussant un soupir. Bart s'appliquait toujours à rabattre le col de son frère.

— Je ne crois pas que ça va lui plaire cette histoire que je suis tuteur, poursuivit Barthélemy. On pourrait peut-être lui dire que vous êtes les enfants de la voisine, hein ? Celle du dessus. Je la connais. C'est une pauvre naze qui se fait cogner par son mari.

Bart eut un rire bref en guise d'apitoiement.

— Je dirai qu'elle vous a laissés chez moi pour aller faire les magasins, hein ?

– Pas un dimanche, dit Siméon en écartant la main de son frère d'une chiquenaude.

– Non, pas un dimanche, admit Bart. Ça a l'esprit pratique, un surdoué. On va plutôt dire que vous êtes à la porte de chez vous. Voilà, c'est ça. La voisine du dessus ne retrouve plus ses clefs. Il y en a un double chez sa mère qui habite à Juvisy. Voilà, c'est ça. La voisine vous a déposés chez moi pour aller chercher le double de ses clefs à Juvisy... Il a un problème, ton polo. Le col se redresse tout le temps.

– Tu es sûr que c'est mon polo qui a un problème ? fit Siméon d'une voix étranglée.

Les deux frères s'affrontèrent du regard.

– Je fais des efforts, se contint Barthélemy. Tu en fais aussi. D'accord ?

Un tic agitait convulsivement les lèvres de Siméon. Il se les mordit.

– Je vais mettre les filles au courant, dit-il en écartant Bart.

– Au courant de quoi ? demanda l'aîné en le rattrapant par le polo.

– De ce qu'elles sont les filles de la voisine, répliqua Siméon avec un sourire amer.

Dès lors, tout eut pour lui un drôle de goût, l'orangeade, le burger, l'ice-cream. Un goût de sang.

Léo arriva juste pour le café et eut un recul en voyant les enfants Morlevent au salon.

– C'est quoi, ça ?

– Ce sont les enfants de la voisine, s'empressa de répondre Bart.

Mais Venise crut nécessaire de montrer qu'elle avait bien compris l'histoire.

– La voisine du dessus, elle a perdu ses clefs, alors elle a laissé ses enfants chez Bart. Après, elle va chercher les clefs à la Juvisy et elle revient pour prendre les enfants d'elle.

– Tu veux un café, Léo ? enchaîna Bart, comme si tout cela n'était que très normal.

– Mais t'vas t'les coltiner tout l'après-m' ou quoi ? demanda Léo en rendant à Siméon son regard mauvais.

– Jusqu'à 18 heures, dit Bart.

– Mais c'est du délire ! s'écria Léo, en laissant sa voix partir dans les aigus. Elle est folle, c'te femme ! Et toi, t'es pas bien d'accepter de…

On sonna à la porte. Les deux jeunes gens se regardèrent.

– Ah bah, quand même, elle vient reprendre ses moutards, mâchonna Léo.

– Ça m'étonnerait, fit Bart pour lui-même.

Venise fila vers la porte d'entrée. Sur le palier, elle vit une dame qui gardait une main sur le front.

– Bonjour, ma chérie, dit-elle à mi-voix comme si elle craignait d'être entendue. Est-ce que monsieur Morlevent est là ? Je suis sa voisine du dessus…

Mêlant le réel à l'imaginaire, Venise s'informa :

– T'as retrouvé tes clefs ?

La jeune voisine parut surprise. Elle avait ôté sa main de son front.

– C'est ce que je venais dire à monsieur Morlevent. Mon mari s'est enfermé dans l'appartement et je n'ai pas les clefs.

— Elles sont chez ta maman, à la Juvisy, lui rappela Venise.

— Je n'ai pas de maman, bredouilla la voisine, de plus en plus désorientée.

— Moi non plus, fit Venise avec un grand sourire, comme si la coïncidence était des plus heureuses. T'as quoi sur le front ?

La jeune femme éluda la question.

— Je voudrais voir monsieur Morlevent. Il est là ?

Consciente de son importance de messagère, Venise ouvrit grande la porte du salon et annonça :

— C'est la voisine, mais elle a toujours pas ses clefs !

— Qu'elle r'prenne ses gosses, marmonna Léo, l'aura pas tout perdu comme ça.

Mais la scène de famille tournait court. Morgane et Siméon regardaient la voisine sans comprendre ce qui se passait.

— Oh, boy ! murmura Bart, dont le cerveau était définitivement grippé.

— Je savais pas que vous aviez du monde, monsieur Morlevent, s'excusa la pauvre jeune femme.

Siméon se donna trois secondes pour réagir. Un, deux…

— Maman ! s'exclama-t-il. Mais qu'est-ce que tu t'es fait ? Tu t'es encore cognée dans la hotte de la cuisinière ? Viens mettre un glaçon.

Il attrapa la voisine par le coude et l'entraîna vers le couloir. Elle se débattit à peine et tous deux arrivèrent dans la cuisine.

— Écoutez, c'est une histoire de fous, lui dit alors Siméon. Barthélemy s'est lancé dans des mensonges idiots pour faire croire à son petit copain que nous étions vos enfants.

En quelques phrases parfaitement claires, Siméon rétablit la situation et rassura la jeune femme.

— Qu'est-ce que vous avez sur le front ? demanda-t-il enfin.

— Oh, rien. Je me suis cognée dans…

— La hotte de la cuisinière ? compléta Siméon. Non, ça, c'est mes inventions à moi.

La voisine regarda l'étrange garçon. Il y avait tant de compassion derrière ses lunettes rondes que la jeune femme cacha son visage dans ses mains pour pleurer.

— Ne pleurez pas, balbutia Siméon au bord des larmes.

Il avait tant vu pleurer sa mère quand elle croyait qu'il ne la voyait pas.

— Je suis à la porte de chez moi, hoqueta la malheureuse. *Il* m'a dit de foutre le camp, d'aller faire le trottoir, que je suis bonne qu'à ça. Je sais pas où aller.

— Allez au commissariat.

— Oh non, *il* me tuera !

La jeune femme essuyait ses larmes avec des gestes affolés.

— Vous êtes tout jeune, dit-elle. Il ne faut pas vous occuper de ça.

— Comment vous appelez-vous ?

— Aimée.

Siméon sourit malgré lui.

— Oui, je sais, c'est drôle, fit Aimée en reniflant.

— Moi, je m'appelle Siméon. Vous voulez qu'on aille au commissariat ensemble ?

Aimée dévisagea l'incroyable garçon.

– Non, non, refusa-t-elle fermement. Ce sont mes affaires.

Puis, voyant le tourment qui imprimait sa marque sur le visage de Siméon, elle posa une main sur son épaule.

– Ne vous en faites pas. Ce n'est pas la première fois qu'on se dispute. Ça va s'arranger.

Il aurait voulu la supplier : « Ne buvez pas de Canard Vécé. » Mais il n'en trouva pas la force et se contenta de hocher la tête.

– Est-ce que je peux vous demander un service, Aimée ? dit-il enfin. Faites semblant d'être notre mère et emmenez-nous. Bart est dans le pétrin.

Un instant plus tard, Aimée revenait au salon, un gant de toilette appliqué sur le front et un sourire aux lèvres.

– Voilà, dit-elle, ça va mieux. Cette hotte, il va falloir que je la remplace. Excusez-moi pour tout ce dérangement, monsieur Morlevent.

– Et tes clefs ? questionna Venise, qui voulait la fin de l'histoire.

– Mais tu n'as pas bien compris. Maman les a retrouvées dans la doublure de son manteau, répliqua Siméon, que plus personne ne pouvait prendre de court à présent. Allez, les filles, on y va !

– Où ? dirent les petites d'une seule voix.

– Au cinéma ! répondit Siméon en leur faisant les gros yeux.

Morgane se tourna vers Aimée et s'écria avec beaucoup de naturel :

– Super ! Merci, Maman.

Siméon se sentit très fier de sa cadette.

Les enfants Morlevent allèrent effectivement au cinéma. Siméon choisit de voir un vieux Marx Brothers en version originale. Morgane lut les sous-titres à sa sœur pendant toute la durée du film, à la grande satisfaction des adultes présents dans la salle. Quand ils revinrent chez Barthélemy, il était presque 18 heures et Léo était parti. Dans la cuisine, Bart attrapa de nouveau son frère par le polo.

– Dis, il ne faudrait pas raconter ce qui s'est passé cet après-midi à l'assistante sociale. C'est une cafteuse. Elle va tout rapporter à la juge et celle-là, je la connais. Elle a l'air gentille, mais elle est hard. Je vais me faire engueuler.

La puérilité de son frère aîné laissa Siméon sans voix.

– Mais qu'est-ce qui t'arrive ? s'écria soudain Bart, avec un sursaut d'effroi.

Siméon s'était mis à saigner du nez. Comme ça.

– Oh, boy, je ne supporte pas la vue du sang, gémit Bart en s'accotant au mur. Je vais m'évanouir.

Siméon sortit un mouchoir de sa poche et l'appuya sur son nez pour faire cesser l'hémorragie. Il avait un peu honte. Ça lui arrivait de temps en temps depuis... Oui, depuis.

– C'est passé ? demanda Bart d'une voix mourante, au bout de quelques instants.

Les deux frères se remirent face à face.

– Excuse-moi, grinça Siméon.

– Non... C'est moi.

D'une main hésitante, Bart essaya une dernière fois d'aplatir le col de Siméon. Il venait de prendre conscience du délabrement physique de son frère.

– Tu ne crois pas que tu as un problème ? murmura-
t-il.

– Non. TU as un problème.

Chapitre 4
Qui déclare la fratrie en danger

L'image de Venise ne la quittait plus. La petite fille s'avançait dans le bureau de la juge, elle mettait ses bras autour du cou de Barthélemy, elle l'embrassait. Chaque fois, c'était la même séquence, c'était la même souffrance. Cette petite fille, c'était la sienne, celle que la vie lui refusait. Josiane la voulait. Du fond de ses entrailles, elle la voulait.

– Qu'est-ce que vous avez décidé, concernant la tutelle ? demanda-t-elle à Laurence d'une voix qui ne voulait pas trembler.

Josiane Morlevent avait pris rendez-vous avec la juge, ce jeudi 20 janvier. Elle était dans le même bureau, à la même place. Mais elle n'était plus la même.

– Pour le moment, nous avons proposé cette tutelle à Barthélemy, qui semble disposé à accepter, répondit Laurence.

« Elle l'appelle Barthélemy », nota tout de suite Josiane. Le croc de la jalousie s'enfonça dans son cœur. Pourquoi aimait-on Barthélemy ?

– Croyez-vous que ce soit le meilleur choix ? dit Josiane d'une voix qui commençait à trembler.

– Le problème, c'est que nous n'en avons pas d'autre, reconnut Laurence.

– Et si je me proposais ?

La juge haussa les sourcils. Allons bon, le médecin des beaux quartiers se ravisait. Il y aurait bientôt trop de tuteurs pour les Morlevent. Mais Laurence se souvenait bien de l'intérêt exclusif de Josiane pour la petite Venise.

– Il n'est pas question de séparer la fratrie, rappela-t-elle. Ils sont merveilleusement unis et solidaires.

– C'est ce qui m'a touchée, mentit Josiane. Au départ, j'ai surtout été conquise par la petite qui est si…

L'image de Venise sur les genoux de Barthélemy lui revint en plein cœur et elle en eut un halètement de douleur.

– Qui est si spontanée, se reprit-elle. Mais les deux autres m'ont paru vraiment…

Elle chercha désespérément un qualificatif louangeur. Elle les avait trouvés ridicules.

– Vraiment intéressants, conclut-elle d'un air pénétré.

– Siméon est surdoué, dit la juge, aussi satisfaite que si elle y était pour quelque chose. J'ai vu monsieur Philippe, son proviseur. Il est certain que Siméon va décrocher son bac avec la mention très bien. À quatorze ans !

– Remarquable, admira Josiane, devinant que les performances intellectuelles épataient madame la juge. Et la cadette ?

– Morgane ? Elle agace son institutrice parce qu'elle lui signale les fautes qu'elle fait au tableau.

Josiane Morlevent se mit à rire et ce rire détendit l'atmosphère. L'ophtalmologue décida alors de jouer son va-tout : la confidence entre femmes.

— Je dois vous faire un aveu, madame la juge. J'ai le sentiment que c'est la providence qui a mis ces enfants sur mon chemin. Depuis trois ans, nous essayons, mon mari et moi, d'avoir un enfant. Nous avons même fait des tentatives d'insémination artificielle. Malheureusement...

Laurence baissa les yeux sur son dossier. Ce n'était pas avec le chocolat Nestlé qu'elle-même risquait de tomber enceinte.

— J'ai trente-sept ans, poursuivit Josiane. Le temps passe si vite...

Laurence en avait trente-cinq.

— Je comprends bien, dit-elle froidement. Mais Bart est le plus proche parent des petits Morlevent.

«Bart, elle l'appelle Bart!» Josiane en aurait trépigné. Pourquoi préférait-on son frère? C'était comme ça depuis l'enfance, depuis qu'il s'était glissé entre sa mère et elle. Elle l'avait préféré. On préférait toujours Barthélemy.

— Tout de même, madame la juge, vous êtes bien consciente de ce qu'est Barthélemy?

D'un coup, la colère fit craquer la digue, emportant au loin pull Rodier et bonnes manières.

— Parce que enfin c'est un pédé qui ramasse ses «conquêtes» dans les boîtes de nuit! Vous imaginez le modèle que c'est pour des enfants?

Laurence se raidissait de plus en plus. Personne n'allait lui dicter les décisions à prendre.

— Madame, dit-elle, glaciale, j'agis dans l'intérêt des enfants Morlevent. Je ne prends rien d'autre en considération.

— Eh bien, voyez si Barthélemy ne représente pas un danger pour des mineurs.

L'insinuation était odieuse.

– Vous ne pourrez pas dire que je ne vous ai pas prévenue, conclut Josiane. Moi aussi, j'agis dans l'intérêt des enfants.

Elle sortit, laissant Laurence en manque profond de cacao.

Mais c'était raté. Elle n'avait fait qu'indisposer la juge. Restait l'assistante sociale.

– J'ai dû vous paraître désagréable, lors de notre première entrevue, dit Josiane Morlevent, à peine assise devant Bénédicte.

Elles s'étaient donné rendez-vous dans une brasserie du XIᵉ.

– Si, si, je sais que je peux être déplaisante, insista Josiane. Mais j'avais l'impression qu'on voulait me forcer la main. Je suis très indépendante.

Bénédicte acquiesça. Elle l'était aussi.

– Mais je ne suis pas insensible. Cette tragédie que vivent les petits Morlevent, ça me touche beaucoup, ajouta Josiane. Je voudrais faire quelque chose pour eux.

Bénédicte tomba dans le panneau. Les bons sentiments, c'était sa patrie. Elle fit un large sourire à Josiane.

– Nous avons justement besoin de personnes de bonne volonté pour constituer le conseil de famille. Mais la mère des petits Morlevent vivait tellement isolée que, pour l'instant, je n'ai trouvé que la gardienne de la petite. Et encore, c'est une femme qui sait à peine lire…

Josiane avait pris un air très intéressé. Elle n'écoutait rien.

– Vous ne trouvez pas un peu curieux, dit-elle, de confier la tutelle d'enfants à quelqu'un comme Barthélemy ?

– Ah ? fit Bénédicte. Oui, je vois ce que vous voulez dire…

Elle n'avait pas osé aborder le problème avec la juge des tutelles. Elle préféra se réfugier dans les généralités.

– Vous savez, la société évolue, les choses bougent. Avec le PACS, on finira par accorder le droit d'adoption aux couples homosexuels.

– J'ai les idées larges tout comme vous, l'assura Josiane. D'ailleurs, la vie privée de Bart le regarde.

Bénédicte, enchantée, fit « oui, oui ». La tolérance, le droit à la différence, c'était son catéchisme. Aussi tomba-t-elle de haut lorsque Josiane conclut :

– Le problème, c'est que Barthélemy drague dans des boîtes de nuit spécialisées et ramène n'importe qui chez lui. Vous imaginez l'effet sur des enfants, hein ? La petite Venise ?

Désolée, Bénédicte faisait à présent « non, non ».

– Rassurez-vous, bredouilla-t-elle. Bart se comporte très normalement avec les enfants. Il les a emmenés voir *Mon ami Joe*, dimanche. Ça s'est très bien passé.

« Elle l'appelle Bart ! » nota Josiane, rageuse. Mais elle ne céda pas à la colère et se contenta de prendre un air soucieux.

– J'espère que vous avez raison.

Elle poussa un soupir.

– Je n'imaginais pas que le métier d'assistante sociale était aussi délicat. En somme, s'il arrive quoi que ce soit aux enfants, vous êtes moralement responsable.

Sur ces paroles réconfortantes, Josiane paya les cafés et offrit de recevoir Venise, un week-end.

— J'ai une villa à Deauville. Elle a besoin de s'aérer, cette petite fille.

Bénédicte, l'esprit tout embrouillé, promit d'en parler à la fillette.

Les enfants Morlevent ne se doutaient pas des risques que courait leur fratrie. Ils apprirent seulement que Venise serait prochainement invitée par Josiane. Le samedi suivant, Bart appela monsieur Mériot, le directeur du foyer. Venise avait oublié chez lui une de ses Barbie et Siméon, *Le Contrat social*. Bart proposait de les rapporter.

— Bisou ! l'accueillit Venise, en tendant les bras vers le plafond dans une pose de starlette.

Les trois Morlevent s'étaient entassés dans la minuscule chambre des filles pour recevoir tranquillement leur aîné.

— C'est sympa, votre caveau de famille, plaisanta Bart. Tiens, le surdoué, ton bouquin.

À son habitude, Siméon était assis sur la moquette, dos au mur. Il tendit le bras pour récupérer son livre. Barthélemy prit place sur un lit, au milieu des peluches. Sur l'autre lit, les jambes pliées, Morgane essayait de faire ses devoirs. Sous la fenêtre, Venise avait couché ses cinq Barbie.

— Tiens, la débile, ta Barbie, dit Bart en balançant la poupée à Venise.

— Merci, dit la petite en l'attrapant au vol. Elle va faire l'amour avec l'autre qui est toute seule.

— Oh, boy ! s'exclama Barthélemy, qui remarqua alors

que les demoiselles Barbie étaient accouplées. Vous gênez pas, les filles !

— J'ai pas de Ken, se justifia Venise.

— Qu'est-ce que tu penses de ta sœur ? demanda Siméon à Bart.

Le garçon eut son charmant sourire à fossettes. Il raffolait de Venise.

— Elle est cool, dit-il.

— Je te parle de ta sœur Josiane, précisa Siméon.

— Pas cool, rectifia Bart.

— Elle veut inviter Venise chez elle, à Deauville.

— C'est chaud, ça, grimaça Bart.

— Tu peux dire quelque chose de cohérent, de temps en temps ? le houspilla Siméon.

— Oui, boss. Josiane, elle avait demandé au Père Noël un mari, une télé avec un écran à plasma, une villa à Deauville et une petite fille blonde. Le Père Noël n'a pas lu la liste jusqu'au bout.

Si Josiane détestait son frère, Bart le lui rendait assez bien.

— Elle va kidnapper Venise, prédit Bart, qui n'était pas à une idiotie près.

— C'est quoi « kidnapper » ? demanda Venise.

Morgane leva le nez de son cahier.

— Ça veut dire : emprisonner les enfants.

Venise hurla :

— Je veux pas aller à Deauville !

Siméon sentit la nécessité de reprendre les choses en main.

— *Pow-wow*, décida-t-il.

En un instant, les trois enfants se trouvèrent assis en tailleur sur la moquette, leur couverture sur les épaules.

— C'est quoi ce que vous faites ? demanda Bart.
Morgane expliqua :

— Nous prenons les décisions de cette façon.

— Impec, approuva Bart. Je peux participer ?

— Oui, dit Siméon. Mais les cons parlent en dernier.

— Merci de l'info, fit Bart en se laissant glisser du lit à la moquette.

Siméon rappela les faits.

— Josiane Morlevent a été reconnue par notre père.

— Reconnue où ? demanda étourdiment Venise.

— On t'a déjà expliqué ce que ça veut dire ! grondèrent les deux aînés en même temps.

La petite mit les deux mains sur sa bouche pour rattraper sa bourde.

— Tss, pas croyable d'être bête comme ça, déplora Bart à mi-voix.

— Toi, hein ? répliqua Venise en lui faisant signe avec la main de fermer son bec.

— Josiane est donc notre demi-sœur adoptive, poursuivit Siméon. Elle ne va pas kidnapper Venise. C'est une ineptie.

— Connerie, traduisit Morgane.

— Mais personnellement, je ne trouve pas très sympathique de sa part d'inviter Venise et de ne pas nous inviter, nous.

Barthélemy leva le doigt comme à l'école.

— Josiane, c'est une snob. Elle va pas vous promener sur les planches à Deauville, Morgane et toi, avec vos oreilles de Dumbo et votre nez en pied de marmite.

— Si tu n'avais pas eu honte de nous, répliqua Siméon, tu ne nous aurais pas fait passer pour les enfants de ta voisine. Le snob, c'est toi.

Les deux frères s'affrontèrent du regard comme ils l'avaient déjà fait.

– Siméon, tu dis pas des méchantes choses à Bart, pleurnicha Venise, ou moi, je te dessine un diable.

– C'est ça, dessine-lui un diable, l'encouragea Barthélemy sur un ton puéril.

Venise se leva, prête à obéir à son frère aîné. Siméon se sentit une terrible envie de pleurer. Il se tordit les poignets pour la faire cesser.

– Non mais, je rigole ! se rattrapa Bart.

Il donna une tape sur l'épaule de Siméon.

– Te mets pas dans des états pareils... On peut blaguer ?

En guise de réponse, il reçut le poing de Siméon en pleine poitrine. Siméon se fit plus de mal qu'il n'en infligea à son frère, mais Bart fit semblant d'être plié en deux par la douleur. Du coup, Venise vint à sa rescousse et se mit à frapper Siméon. Quant à Morgane, elle éclata en sanglots.

– Excusez-moi, excusez-moi, répéta une voix.

Madame la juge était là. Siméon se redressa en s'appuyant au mur. Barthélemy attrapa la petite pour qu'elle cesse de distribuer des coups de pied. Mais Morgane, elle, continua de meugler.

– Tu as mal quelque part ? s'inquiéta la juge.

– C'est que j'ai des zo... des zo... hoqueta Morgane.

– Tais-toi, lui souffla Siméon.

– Des oreilles de Dumbooo ! s'effondra la fillette.

– Et Siméon, il a tapé Bart, le dénonça Venise.

– C'est Bart qu'est... Bart qu'est... qu'est méchant ! sanglota sa sœur.

Madame la juge se tourna vers l'aîné.

– Vous pourriez m'expliquer, monsieur Morlevent?

Barthélemy, qui avait mis ses mains derrière le dos comme un enfant irréprochable, eut une mimique de perplexité. Siméon préféra le tirer de là.

– Ce n'est rien de grave, dit-il, en prenant un air un peu coupable. On s'est disputés, Morgane et moi. Barthélemy a voulu intervenir et je l'ai frappé.

La fratrie Morlevent respecta en silence le mensonge de Siméon.

– Ce n'est pas très gentil, lui reprocha doucement Laurence en pensant que les surdoués étaient fatalement un peu caractériels. Puisque vous êtes là, Barthélemy, j'aurais quelque chose à vous dire, à vous aussi.

« Monsieur Morlevent » était redevenu « Barthélemy » dans la bouche de madame la juge. La situation était rétablie. Bart en profita pour faire un clin d'œil à Laurence, qui fit mine de l'ignorer.

– Venez donc, Siméon, ajouta-t-elle.

Tous trois se rendirent dans le bureau du directeur.

– Siméon, commença la juge, je suis venue vous apprendre que nous avons maintenant deux tuteurs potentiels pour vous et vos sœurs. Abondance de biens ne nuit pas.

Elle sourit aux deux frères qui avaient pris curieusement la même posture, les bras croisés et les sourcils froncés.

– C'est quoi, cette embrouille? grogna Bart. C'est qui, l'autre tuteur?

– Votre sœur.

– Mais c'est pas vrai! explosa Bart. Depuis que je suis né, c'est comme ça. Dès que j'ai un nouveau jouet, il le lui faut! Mais c'est moi, le tuteur. Hein, que c'est moi?

Siméon et la juge s'entre-regardèrent, consternés.

— Non, attendez, dit Bart, soudain inquiet. Là, je déconne plus. C'est mon frère, c'est mes sœurs.

— Personne ne le conteste, dit Laurence. Mais la tutelle est une lourde charge qui se partage. Il est prévu d'adjoindre au tuteur un subrogé tuteur.

— Vous voulez me subroger, c'est ça ? glapit Bart. Oh, boy ! C'est encore Josiane qui va commander.

Madame la juge réussit à calmer Barthélemy. Personne ne pourrait le déloger de sa place de frère aîné. Pour la tutelle, rien n'était décidé et les enfants auraient leur mot à dire. Puis Laurence alla voir Morgane et lui expliqua que le serre-tête derrière les oreilles, ce n'était pas une bonne idée. Ensuite elle admira le diable que Venise venait de dessiner, sans s'attarder sur le commentaire en lettres bâtons : « SIMÉON CON ».

Enfin, elle conseilla au même Siméon de prendre rendez-vous chez un médecin. Il avait vraiment mauvaise mine.

Une fois dans la rue, Laurence se dit qu'elle avait peut-être de la chance de n'avoir ni enfants, ni frères, ni sœurs. Au moins, une plaque de chocolat, on en voit clairement le début et la fin ; tandis que les histoires de famille…

Josiane Morlevent ne fut pas longue à se manifester. Dès le lundi, à l'heure du dîner, elle téléphona au foyer de la Folie-Méricourt et invita Venise à venir à Deauville. La petite, assez fière d'avoir reçu une communication personnelle, retourna s'asseoir à la table de ses aînés et dit :

— Je vais aller voir la mer avec Josiane.

— C'est très bien, répondit Siméon. Mais si tu es trop

gentille avec Josiane, elle voudra te garder très souvent avec elle. Et nous, on ne te verra plus.

Les yeux de Venise s'emplirent de larmes. Elle voulait voir la mer, mais elle ne voulait pas être kidnappée. Elle trouva elle-même la solution.

– Je serai UN PEU gentille.

Mais Venise n'avait que cinq ans. Les bisous et les câlins eurent raison de ses bonnes résolutions, et peut-être aussi la belle voiture, la villa, le jardin… Pour Josiane, ce fut la révélation de ce qu'est le bonheur : se promener dans les rues de Deauville avec une petite fille qui vous donne la main. On se retournait sur Venise, sur ses joues pincées par le vent du large, ses yeux brillant d'excitation devant les manèges, ses poses de star sur les planches.

– Elle est adorable, répétait Josiane à son mari. Tu ne trouves pas, François ?

Au début de la journée, François Tanpié était plus que réservé avec la fillette. Il se méfiait de tout ce qui venait du côté Morlevent. Barthélemy, avec sa boucle d'oreille, sa voix gnangnan et ses loufoqueries était pour lui un cauchemar vivant. Mais quand Venise tendit à François un dessin avec un cœur « parce que je t'aime », le malheureux succomba au charme des yeux bleus. À la fin de la journée, la petite sautillait entre monsieur et madame, leur distribuant assez équitablement ses bisous. Ce fut un crève-cœur, le dimanche soir, de devoir la reconduire au foyer de la Folie-Méricourt.

– La pauvre chérie ! Dans cet horrible endroit, frissonna Josiane.

Sur la route du retour, tandis que Venise somnolait, Josiane et son mari discutèrent tutelle, garde et adoption.

Quand la conversation vint sur Barthélemy, la petite, gardant les yeux fermés, se mit à écouter.

– Au revoir, mon trésor, murmura Josiane en larmes. Je reviendrai te chercher le week-end prochain. Sois sage à l'école et mange bien !

François Tanpié, perdant définitivement la tête, l'appela sa « princesse rose et blonde ».

– Bisou, lui répondit Venise, l'air ensommeillé.

Elle fut bien contente de retrouver sa petite niche avec sa sœur.

– Alors ? fit Morgane. C'était beau, la mer ?

– Mouiii, dit Venise mollement.

Elle commença à se déshabiller puis, à demi dévêtue, elle s'assit sur son lit.

– C'est quoi, un pédésexuel ?

Morgane n'était pas trop sûre de connaître le mot.

– Tu demanderas à Siméon.

Au petit déjeuner, Venise fit un rapport détaillé de son week-end à son grand frère.

– J'y retourne le prochain week-end, conclut Venise.

Siméon secoua la tête, mécontent.

– Tu vois. Josiane commence à nous séparer. Tu as été trop gentille.

– Mais j'ai fait que UN cœur à François, protesta Venise.

Siméon et Morgane échangèrent un regard sombre. La naïveté de la petite ne les amusait plus. Les adultes étaient en train de détruire la fratrie Morlevent.

– C'est vrai que Barthélemy, c'est un pédésexuel ? demanda soudain la fraîche voix de Venise.

– Chut ! fit Siméon en guettant les autres tablées. Où tu as entendu ça ?

— Dans la voiture. C'est Josiane.

Au vu de ce qu'elle avait retenu, la petite n'avait pas dû comprendre grand-chose.

— C'est quoi, alors, un pédésexuel? demanda-t-elle tout bas.

Siméon hésita inhabituellement. Puis se décida:

— C'est un garçon qui porte une boucle d'oreille.

Une déduction s'imposa à l'esprit clairvoyant de Venise.

— Eh bien, dit-elle, Josiane n'aime pas les boucs d'oreilles.

Chapitre 5
Où Barthélemy partage ses recettes
de cuisine avec sa voisine

Bart avait fait la connaissance de Léo en cherchant du boulot. Sur la vitrine d'un magasin d'antiquités, il avait lu : « CHERCHE VENDEUR QUALIFIÉ ». Bart se sentait qualifié pour tout un tas de choses, entre autres, défiler en rollers à la Gay Pride et exploser des dinosaures avec le fusil à pompe de Lara Croft. Il se présenta donc au patron du magasin. C'était un type blême et grêlé de son, les épaules étroites et l'esprit encore plus étroit. C'était Léo.

Des deux garçons, c'était Bart qui avait l'appartement le plus grand. Léo devait donc y emménager et Bart se retrouvait, en ce matin de février, seul au milieu d'un tas de caisses à déballer. En soupirant, il entreprit d'en ouvrir une. On sonna alors à la porte. C'était madame la juge qui, décidément, prenait à cœur le dossier Morlevent. Quand elle vit Bart tout souriant sur son palier, la gourmande Laurence eut envie de lui dessiner deux fossettes supplémentaires. Avec les dents.

– Je ne vous dérange pas ?

Bart la fit entrer au salon et, préférant par principe le mensonge à la vérité, il expliqua, en désignant les cartons, qu'il avait acheté plein de vieilleries dans une vente aux enchères.

– Ah, très bien, fit la juge en ôtant son manteau. C'est vrai que vous travaillez chez un antiquaire…

Elle posa son manteau sur une chaise et Bart eut la révélation de sa vie. Madame la juge, dans son pull-over moulant, avait les mêmes avantages que la Barbie en body. Dès lors, il n'écouta plus rien de ce qu'elle disait, faisant juste « hmm, hmm » pour ne pas la mécontenter. Laurence parlait de Siméon, de Deauville, du week-end et Bart la regardait s'agiter en faisant « hmm, hmm ». Il s'était approché d'elle le plus qu'il pouvait sans donner l'alerte et, pris dans ces rondeurs maternelles, il se sentait une envie de ronronner au fond de la gorge.

– Alors, vous êtes d'accord ? lui demanda la juge.

– Oui, oui, pas de problème.

Il avait chaud aux oreilles, il voulait des bisous.

– Donc, Bénédicte vous déposera Morgane et Siméon vers 11 heures, samedi.

Sortant de sa torpeur, Bart fit :

– Quoi ?

– C'est la meilleure solution, l'assura Laurence. Et vous, vous les reconduirez dimanche soir au foyer.

Barthélemy comprit qu'il venait de se faire refiler les cadets Morlevent pour tout le week-end. Léo allait le décapiter. Mais en raccompagnant la juge jusqu'à la porte, il se tranquillisa en songeant que pour Léo les enfants Morlevent étaient toujours les enfants de la voisine. Il suffisait qu'ils le restent.

Barthélemy eut justement des nouvelles d'Aimée, ce

soir-là. Cela commença par des éclats de voix, puis il y eut un fracas de vaisselle et pour finir des bruits sourds. La porte du dessus claqua et quelqu'un dévala l'étage.

— Ah, bah! Ça tombe bien, se réjouit Bart à mi-voix.

Il ouvrit sa porte et intercepta sa voisine.

— Heu… Aimée? J'aurais un service à vous demander.

La jeune femme se plaqua à la rambarde en étouffant un cri de surprise.

— Mais elle saigne! fit Bart en reculant d'un pas. Puis il ajouta d'un ton de reproche: J'ai horreur de ça.

— *Il* a voulu me tuer, dit la jeune femme dont le visage ruisselait de larmes et de sang.

— C'est sa crise du mercredi, lui fit remarquer Bart. Vous devriez lui coller du Temesta dans sa soupe.

Aimée était entrée, après un dernier regard de crainte vers le palier du dessus.

— C'est ce que je fais avec Léo quand il me prend trop la tête. Un petit tranquillisant dans le café. Après, j'ai la paix.

— Vous n'êtes pas sérieux, monsieur Morlevent, dit Aimée, dubitative.

— Vous me mettez du sang partout, râla Bart. C'est dégueulasse. Venez dans la salle de bains.

Aimée se passa le visage sous l'eau. Sa pommette était coupée sous l'œil gauche assez profondément.

— *Il* m'a jeté un couvercle de casserole, dit-elle.

— Vous devriez remplacer vos couvercles par des Frisbee, c'est moins coupant, lui conseilla Bart, imperturbable.

Aimée passa ensuite ses mains sous l'eau froide. Elle portait les marques très nettes des dents d'une fourchette.

Barthélemy frissonna de dégoût mais reprit, le ton guilleret :

— Ah, au fait, il y a vos enfants qui reviennent samedi.

— « Mes enfants » ? répéta Aimée. Oh ! Vous n'avez pas dit la vérité à monsieur Léo ?

Bart secoua la tête.

— Mais il n'y a rien de mal à être le tuteur de ses frère et sœurs, s'étonna Aimée. Pourquoi vous n'en parlez pas ?

— Vous ne connaissez pas Léo. Il déteste tout ce que j'aime. Il brûle mes géraniums avec ses cigarettes.

Cette particularité de Léo parut presque normale à Aimée. Son mari déchirait les livres qu'elle lisait.

— Je vous demanderai un petit service, Aimée, dit Bart, enjôleur.

Il se mit à lisser le col un peu froissé du chemisier d'Aimée.

— Léo va venir déjeuner chez moi, samedi. Je devrais dire « chez nous », corrigea Bart en baissant pudiquement les yeux. Parce qu'il s'installe ici.

— Vous êtes sûr ? interrogea doucement la jeune femme.

— Qu'il s'installe ?

— Non. Que c'est une bonne chose ?

Barthélemy fit un petit geste de la main, insouciant et maniéré. Puis s'attaqua de nouveau au col du chemisier.

— Alors, voilà… Ce qui serait sympa de votre part, Aimée, ce serait de m'amener les enfants vers midi et demi en catastrophe. Vous sonnerez ici et vous prendrez votre air de femme battue…

Il examina, songeur, le visage de la malheureuse.

– Ça ne sera pas trop cicatrisé d'ici samedi, hein ? Vous direz…

Il se mit à imiter Aimée à la perfection, jetant des regards inquiets derrière lui :

– *Il* a voulu me tuer. *Il* est en pleine crise, monsieur Morlevent, gardez les enfants. Il ne faut pas qu'ils voient ça !

L'effroi, la stupéfaction, l'amusement passaient sur le visage d'Aimée comme courent sur le sol les ombres des nuages.

– Essayez voir de me dire ça, voulut l'entraîner Bart. Si vous vous tordez un peu les mains, ça sera mieux.

Au lieu de cela, Aimée captura les mains de Bart dans les siennes et lui dit :

– Vous êtes fou.

Les nuées assombrirent le visage du jeune homme.

– Je suis au courant, dit-il.

Puis prenant les intonations de sa petite sœur, il supplia :

– S'il te plaît, Aimée, tu veux bien ?

La jeune femme eut une moue tremblante. Bart en conclut qu'elle acceptait. Il l'embrassa sur la joue et lui souffla à l'oreille :

– Merci.

Dès lors, il passa une excellente fin de semaine sans se douter le moins du monde de la réaction de son frère cadet.

– Ramène-nous au foyer, lui dit Siméon quand Bart lui eut exposé sa petite comédie.

– Mais pourquoi ? s'étonna Barthélemy. Ça se passera très bien. Je vous cacherai de l'affreux mari pendant le week-end et, à 18 heures, je ferai semblant de vous rendre à votre mère.

Siméon, furieux, haussa les épaules. C'était n'importe quoi. Et avec Bart, ce serait toujours n'importe quoi. Pendant ce temps, Josiane Morlevent s'annexait la petite Venise. Morgane, elle, s'était assise sur le canapé du salon. Les deux garçons, qui boudaient l'un et l'autre, posèrent les yeux sur elle.

— Qu'est-ce que tu as fait de tes oreilles ? lui demanda Barthélemy.

La fillette avait renoncé au serre-tête. Elle souleva ses cheveux à deux mains.

— En dessous, dit-elle avec satisfaction.

Barthélemy se tourna vers son frère.

— Tu vois, c'est comme ça que je fais les choses : en dessous.

— Tu es pénible, ronchonna Siméon. Léo va se douter du stratagème. Ou alors, il est encore plus con que toi.

— Ça n'est pas exclu, admit Barthélemy.

Bref, et comme d'habitude, Bart eut gain de cause. Il avait tout prévu. Siméon et Morgane attendraient au square devant les balançoires jusque vers midi vingt. De retour des courses, la voisine passerait les prendre et monterait avec eux jusque chez Bart. Elle jouerait sa petite comédie puis se dépêcherait de rentrer chez elle, son mari revenant du bowling vers 13 heures.

Léo arriva à midi sonnant. Il était d'une humeur exécrable. Il avait travaillé seul, toute la semaine, au magasin d'antiquités.

— Mais qu'est-ce que tu fous de ton temps, bordel ? cria Léo, en donnant un coup de pied dans une des caisses.

Barthélemy n'avait pratiquement rien déballé.

— Il y a un niveau que je n'arrive pas à passer dans Tomb Raider II, répondit Bart, l'air préoccupé.

— I'va m'rendre fou, c'type! glapit Léo, en prenant à témoin une invisible assistance.

— Je vois pas pourquoi tu n'aimes pas Lara Croft, dit Bart en se dessinant des gros seins dans l'air.

C'était imprudent. Le coup de pied suivant fut pour la console de jeux. Avant de passer à table, Bart fit un détour par la salle de bains, ouvrit sa pharmacie, fit pouf et pouf entre le Rohypnol et le Temesta.

Le sort tomba sur le somnifère. Bart revint au salon pour annoncer :

— Madame est servie! Je t'ai fait de la tapenade.

— C'est quoi, c'te saloperie? grogna Léo, pas facile à amadouer.

— À base d'olives noires. C'est un peu amer, le prévint Bart, qui y avait écrasé le somnifère.

Léo trouva effectivement sa tapenade très amère.

— Tu critiques tout, observa Barthélemy. Excuse-moi. On sonne.

C'était la voisine qui joua comme elle put la scène de la femme qui vient d'être battue. Siméon et Morgane, renfrognés, attendirent qu'elle ait fini.

— Vous savez quoi, Aimée? l'interrompit Barthélemy. Je vous garde vos gosses pour le week-end. Ici, ils seront à l'abri.

Léo faillit s'étouffer avec sa tartine de tapenade. Mais Bart enchaîna si rapidement qu'il n'eut pas le temps d'intervenir.

— Allez, au revoir, Aimée. Essayez de calmer votre mari.

Et voilà, le tour était joué. Bart était enchanté. Mais c'était compter sans les nerfs de Léo. Il explosa littéralement, traita Bart de tous les noms, bouscula la pauvre Morgane, jeta sa tartine de tapenade. Siméon et sa sœur se réfugièrent dans la cuisine.

— Ça va lui passer, dit Barthélemy en les rejoignant. Il est vif, mais il n'est pas méchant. Je vais lui faire un bon petit café.

Au Rohypnol.

— L'a un sale goût, ton café, ronchonna Léo. Tu trouves pas ?

— Non, dit fermement Barthélemy. Bois.

Peu à peu, Léo se détendit. Les contours du monde lui devinrent plus flous, plus tendres. La triste histoire d'Aimée lui fit même venir des larmes dans les yeux. De rire, malheureusement, car c'était Bart qui la racontait. Pendant ce temps, Morgane et Siméon se bourraient de tapenade sur le canapé en lisant, lui *Ainsi parlait Zarathoustra*, elle *Le Docteur Dolittle*.

— Chuis crev', moi, fit Léo en bâillant.

Bart voyait le moment où Léo allait s'effondrer sur un lit, ce qui lui libérerait l'après-midi. Tout marchait comme prévu. Sauf… sauf qu'on sonna à la porte.

— Je vais ouvrir ! dit Morgane.

Léo et Bart se regardèrent, un peu surpris. Ils n'attendaient personne. C'était la voisine.

— *Il* veut me tuer !

— Oh, ben, non, pas encore ! voulut la raisonner Barthélemy.

— *Il* voulait me forcer à boire de l'eau de Javel, murmura Aimée.

Siméon s'était levé, bouleversé. À cause du Canard Vécé.

— C'est sa crise du samedi, fit remarquer Bart, c'est le mercredi ET le samedi.

— Mais tu déconnes ou quoi ? lui cria Siméon. Il a vraiment voulu la tuer. Regarde, il y a des marques sur son cou.

— *Il* m'a un peu étranglée, bredouilla Aimée. Ne vous en occupez pas. Vous êtes jeune, Siméon.

Léo les regardait, ahuri. Bien qu'ayant le cerveau embrumé par les comprimés, il comprenait qu'il se passait quelque chose d'anormal.

— M'enfin, c'est qui, lui ? dit-il, en montrant Siméon. Siméon décida de saborder son frère.

— Je suis Siméon Morlevent. Et voici Morgane Morlevent. Nous sommes le demi-frère et la demi-sœur de Barthélemy.

— Qu... Quoi ?

Léo s'était péniblement mis debout.

— T'énerve pas, fit Bart. C'est très simple. Siméon va t'expliquer.

Barthélemy passait le relais à son frère cadet. En quelques phrases, Siméon fit un résumé de la situation et conclut :

— Bart ne voulait pas vous avouer qu'il était notre tuteur. Mais comme il ne l'est pas et qu'il ne le sera jamais...

— Et pourquoi ça ? demanda Léo.

— Parce qu'il est homosexuel. La juge des tutelles ne voudra pas.

— Mais c'est du racisme ! hurla Léo. On prive Bart de ses droits.

Du coup, cela changeait tout. Non seulement Léo ne s'opposait pas à ce que Bart fût tuteur, mais il l'exigeait.

— On va faire une pétition dans *Libération*, s'échauffa-t-il.

— Et on la fera signer par l'abbé Pierre, enchaîna Bart. Tu ne veux pas te reposer un peu?

Léo admit qu'il avait eu une semaine fatigante et qu'il irait bien faire une petite sieste. Quand il fut sorti du salon, Bart se tourna vers son frère.

— Voilà. Il en a pour l'après-midi. On peut aller au cinéma.

— Mais il faut faire quelque chose pour Aimée, dit Siméon. Appelle la police.

— Non, non, non, refusa Aimée, tout effrayée.

Barthélemy attrapa son frère par le col du polo.

— Je m'occupe d'Aimée.

Siméon ouvrit la bouche mais, surjouant la virilité, Bart lui coupa le sifflet:

— C'est moi, l'adulte, petit. Vu?

Il fit signe à Aimée qui, déjà, bredouillait:

— Pas la police, non, non...

Il poussa la jeune femme dans le couloir et l'emmena dans la salle de bains. Il ouvrit sa pharmacie et prit la boîte toute neuve de Temesta. Il la tendit à Aimée et fit le V de la victoire avec ses doigts.

— Deux.

Puis il lui délivra la recette complète:

— Bien mélanger les comprimés avec les légumes. Délayer avec le bouillon. Une cuillère de crème. Saler. Poivrer.

Ayant réglé le problème d'Aimée, Barthélemy retrouva

les cadets Morlevent au salon. Siméon ne souhaitait pas aller au cinéma. Il préférait terminer son livre.

— Ces surdoués! soupira Bart, sans se douter que son frère se sentait trop fatigué pour affronter de nouveau la rue et le froid.

Désœuvré, Bart vint s'affaler sur le canapé à côté des enfants et se mit à lire par-dessus l'épaule de Siméon. Soudain, quelque chose sur le poignet de son frère retint son attention. Tout doucement, il commença à relever la manche.

— Oh, boy! chuchota-t-il, horrifié.

Une tache rouge s'élargissait. Des dizaines de petits vaisseaux sanguins avaient éclaté. Siméon repoussa son frère et rabattit sa manche. Ils se turent et firent semblant de lire. Mais dans le cou, sous le col du polo, Bart avait vu une autre tache.

— C'est quoi? murmura-t-il pour ne pas donner l'alarme à Morgane, absorbée dans son roman.

— Je ne sais pas, répondit Siméon, le souffle court.

— Il y en a d'autres?

— Oui. Ça augmente.

Voir un médecin. Il fallait voir un médecin. Bart se répétait cette phrase en lui-même sans pouvoir la prononcer. Dire cette phrase, c'était s'engager, c'était prendre Siméon par la main, se conduire en frère aîné. Et c'était impossible. Bart se foutait de tout et de tout le monde.

— Siméon?

— Oui?

Non, les mots ne venaient pas. Le silence retomba.

— Oui, je sais, dit enfin Siméon. Je devrais voir un médecin.

Mais il ne le ferait pas. Et pourquoi ? Parce qu'il avait quatorze ans et que, soudain, le courage lui manquait. Bart se leva.

— Où tu vas ?

— J'appelle mon médecin. Tu ne peux pas garder cette saleté.

Le médecin de Bart, le docteur Chalons, le suivait depuis qu'il était enfant. Aussi la secrétaire lui passa-t-elle l'appel de Barthélemy.

— Je ne savais pas que tu avais un demi-frère, remarqua le docteur Chalons. Et qu'est-ce qu'il lui arrive ? Tu sais, le samedi, je ne me déplace pas. Si c'est une angine…

— Je ne crois pas, dit Bart qui, avec une certaine répugnance, lui décrivit les curieuses taches qui se développaient sur le corps de Siméon.

— Il a de la fièvre ?

— Nnnon, hésita Bart.

— Il est fatigué ?

— Tout le temps !

Dans un éclair, Bart avait revu Siméon s'agrippant à la rambarde de l'escalier, s'adossant au mur, s'appuyant à l'évier…

— Amène-le-moi, dit le docteur Chalons.

— Lundi ?

— Maintenant.

Chapitre 6
Quand « le vent se lève, il faut tenter de vivre »

Josiane découvrait peu à peu la face cachée de Venise. C'était une vraie Morlevent. C'était la fille de cet homme, Georges Morlevent, qui était passé dans la vie de Josiane et dans celle de sa mère, y semant la tempête et leur laissant récolter Barthélemy.

– J'ai un Ken ! annonça triomphalement Venise en arrivant chez Josiane, ce samedi de février.

– Un quène ? s'interrogea Josiane, qui fréquentait davantage les vieilles dames atteintes de cataracte que les fillettes de cinq ans.

Venise sortit sa poupée mannequin de son sac à dos.

– C'est Bart qui me l'a donné. Parce que j'avais pas de Ken pour faire l'amour avec mes Barbie.

Josiane tressaillit comme si un insecte l'avait piquée.

– Tu fais l'amour, toi, avec François ? demanda la fraîche petite voix.

– Heu… oui, reconnut Josiane, déconcertée.

Était-ce donc trop tard ? Cette petite fille pouvait-elle encore être correctement éduquée ? Si Josiane n'avait pas été obsédée par la déviance de son frère, elle aurait ri des curiosités de Venise. Ce n'était qu'une enfant-sans-parents qui se demandait par quel miracle elle était là. Mais Josiane cherchait déjà dans sa mémoire le nom d'une collègue psychologue pour la faire examiner.

— Ken, il a pas de zizi dans sa culotte, je sais pas pourquoi, s'interrogea Venise en déshabillant sa poupée. Tous les garçons, ils ont des zizis, hein ? Bart, il en a un gros. Je l'ai vu dans sa chambre. Et François, tu l'as vu, son zizi ?

« Chapiro, Dorothée Chapiro ! » Josiane, soulagée, avait retrouvé le nom de sa collègue psychologue.

— Tu viens faire une partie de petits chevaux, ma chérie ? proposa Josiane avec un enthousiasme disproportionné.

Venise reposa sa poupée en lui disant :

— Désolée, Ken, je te laisse tout à poil.

Elle le recouvrit d'une Barbie avec ce tendre sourire qui exprimait toute sa sollicitude pour l'espèce mâle.

— Je le réchauffe, expliqua-t-elle à Josiane.

La jeune femme eut un faible sourire et lança les dés.

— Oh, j'ai de la chance ! Un six !

En cours de partie, Venise eut des distractions à force de compter les points sur les dés. Elle se mit à compter sur ses doigts tous les Morlevent qu'elle connaissait.

— Bart, toi, Siméon, Morgane, moi. Ça fait cinq. Regarde.

— Oui, cinq, approuva Josiane en constatant que le père était absent.

La petite n'avait peut-être plus de souvenirs de Georges Morlevent. Josiane, elle, le voyait dès qu'elle y pensait, en fermant les yeux. Grand, fort, bruyant. Et beau. Surtout beau. Bart et Venise étaient ses meilleures répliques. Mais lui, c'était l'Homme. Il jouait du piano dans les bars, fumait le cigare, ne dormait pas la nuit et parfois tombait ivre au matin. Josiane en avait pris la peur des hommes, tant celui-ci avait fait la fête dans sa maison, en lui piétinant le cœur. Et il était parti, comme on coupe les amarres, brusquement. Les laissant, elle et sa mère qui était enceinte. Josiane s'aperçut que Venise venait de lui parler.

— Tu disais, ma chérie ?

— Pourquoi tu aimes pas les boucs d'oreilles ?

Tandis que Josiane se débattait avec Venise, Bart patientait dans la salle d'attente du docteur Chalons. Ou plus exactement, il s'énervait dans la salle d'attente, feuilletant un magazine, le reposant, pianotant sur l'accoudoir du fauteuil, se levant, se rasseyant. Traqué. Siméon se sentait immensément calme. Délivré. Il avait enfin pu partager ce qu'il cachait depuis plusieurs semaines. La porte s'ouvrit et le médecin passa la tête dans l'entrebâillement. Bart fit mine de se soulever de son siège, mais laissa son frère aller seul. Un quart d'heure plus tard, la porte s'ouvrit de nouveau.

— Bart ! appela gravement le médecin.

Quand Barthélemy passa devant lui, le docteur Chalons posa la main sur son épaule d'une façon trop appuyée.

— Assieds-toi.

Siméon se rhabillait. Tranquille.

— Alors, dit le médecin à Bart, vous avez fait connaissance depuis peu, ton frère et toi ?

Bart avait posé les yeux sur le torse nu de Siméon. Les mêmes taches rouges que sur le bras et quelques hématomes bleuissants. Bart songea à sa voisine. Se pouvait-il que Siméon fût un enfant battu ? Et par qui ? Son regard interrogatif croisa celui du médecin. Le docteur Chalons eut un sourire rapide et un peu forcé.

— Voilà. J'ai examiné Siméon. Il va falloir des examens complémentaires. Et pour commencer, une prise de sang.

— Je vais en parler à son assistante sociale, dit Bart pressé de refiler la corvée.

— Il faudrait que ce soit fait lundi.

Siméon avait fini de se rhabiller.

— Tu passes dans la salle d'attente ? lui suggéra le docteur Chalons, sur un ton qui se voulait anodin. J'ai un ou deux trucs à régler avec ton grand frère.

Siméon réprima un sourire. Encore un qui ne savait pas ce qu'est un surdoué. Dès que la porte fut refermée, le médecin se racla la gorge et écrivit quelques mots sur un papier.

— Je te donne les coordonnées d'un confrère à Saint-Antoine. Il faut hospitaliser Siméon le plus tôt possible.

— Pour une prise de sang ?

— Pour la ponction sternale. Je n'ai pas voulu l'affoler. Tu lui diras les choses progressivement. Mais toi, je ne peux pas te ménager de la même façon. C'est très probablement une leucémie.

— Non.

Bart secoua la tête. Il niait.

— Je ne peux pas être sûr à cent pour cent, reprit le docteur Chalons. Effectivement, je peux me tromper. Mais il est important d'avoir un diagnostic rapide.

Bart avait baissé la tête. Non. Ce n'était pas sa vie. Ce n'étaient pas ses affaires. L'assistante sociale allait s'occuper de tout ça.

— Donc, je t'ai mis le nom d'un confrère qui travaille à Saint-Antoine. Un type très brillant. Le professeur Mauvoisin. Appelle-le de ma part. Il est d'un abord un peu froid, mais il est très humain et il se bat vraiment aux côtés de ses malades. Il ne soigne que les jeunes leucémiques.

Bart croyait que ces mots allaient glisser sur lui. Mais ils lui entraient dans la tête, sous la peau. Saint-Antoine. Mauvoisin. Leucémique. Il y eut encore « courage », « volonté » et « bonne chance » pour terminer. Siméon attendait de l'autre côté, souriant. Bart eut envie de lui gueuler : « T'es leucémique, mon vieux ! T'es foutu. »

À chacun son paquet dans la vie. Pourquoi était-ce à lui, Bart, de s'angoisser ? Puisque Siméon avait décidé de se faire du mauvais sang, qu'il continue. Bart adressa un sourire sarcastique à son frère.

— En voiture, Simone ! lança-t-il.

Siméon haussa l'épaule et demanda à mi-voix :

— Alors, qu'est-ce qu'il t'a dit, le docteur ?

— C'est plutôt à toi de me l'apprendre, se défendit Barthélemy.

— Il paraît que c'est de l'anémie. Qu'est-ce qu'il t'a dit, à toi ?

Siméon avait bien compris que le médecin l'avait fait sortir pour dire la vérité à son frère aîné.

— Il ne m'a rien dit sur toi, répliqua Bart. Il m'a demandé si je faisais gaffe pour le sida. C'est tout.

C'était plausible et Siméon, qui n'avait peut-être pas envie d'en savoir plus, s'en contenta.

À la maison, Léo avait terminé sa sieste et Morgane *Le Docteur Dolittle*. Léo était pâteux et de très mauvaise humeur. Sa ferveur militante et pétitionnaire était bien retombée. Il prit Bart à l'écart.

— Dis, on va pas s'appuyer les gosses tout l'week-end? Tu peux pas les reporter au foyer?

Il en parlait comme de colis postaux. Barthélemy lui jeta un regard furieux.

— Non. Je peux pas. J'ai promis.

Léo ricana. Comme si Bart s'était jamais embarrassé d'une promesse!

— Bon, mais l'week-end prochain, insista Léo, tu t'les fais pas refiler.

— Je ne les verrai que pendant la semaine, au foyer, répondit Bart. Là, tu es content?

Bart passerait prendre des nouvelles de Siméon, de temps en temps, et il achèterait une Barbie à sa sœur, une fois par mois. «Voilà, c'est réglé», songea-t-il. Mais tout le reste de la soirée, il fut obsédé par le verdict du médecin. Le seul mot de «leucémie» avait envahi tout le terrain. Bart voyait Léo vautré devant la télé et il pensait: «Il a allumé la leucémie.» Il préparait la salade dans la cuisine et, cherchant le vinaigre, il se disait: «Où j'ai mis la leucémie?»

À table, Léo fut odieux avec les cadets Morlevent.

— On va pas les engraisser, non? Surtout, çui-là qu'est tout maigre. Ça bouffe comme des chancres, à c't âge-là.

Barthélemy se contenait. Mais ses mains étaient prises d'un tremblement nerveux. Léo s'attaqua directement à Siméon:

— C'est pas croyab' que t'es le frère de Bart. Moche comme t'es.

Barthélemy bondit de sa chaise.

— Mais tu lui fous la paix à ce gosse ! Il est leucémique. Tu comprends ? Leucémie ? Cancer. Il n'a plus ni son père ni sa mère. Et maintenant, il a le cancer. À quatorze ans. Qu'est-ce qu'il a fait, hein ? De quoi il est coupable ? C'est un gosse super. Pourquoi ça tombe sur lui ?

Bart interpellait Léo ou Dieu le Père. Seul le silence lui répondit, un silence de pierre qui avait écrabouillé toute la tablée. Siméon regardait droit devant lui, dans le vide. Alors c'était ça, ces taches ? Il avait la leucémie. Une larme descendit le long de sa joue. Il se serait cru plus courageux. Il renifla. Bart comprit ce qu'il venait de faire. Il posa la main sur le bras de son frère et lui redit les mots du médecin : « courage » et « volonté ».

— Tu as toutes les chances de t'en sortir, dit-il encore. Le professeur Mauvoisin, c'est un type génial. Il en guérit quatre-vingt-dix pour cent des leucémiques. Quatre-vingt-dix pour cent !

Jamais mentir ne lui avait paru plus léger.

— Je vais t'accompagner à la prise de sang. Je resterai avec toi. Tu vas voir, on s'en tirera.

Et lui, d'où sortait-il ces mots, ces gestes ? Il secouait doucement l'épaule de son frère terrassé, il essuyait ses larmes d'un revers de la main. Il eut même l'idée de regarder du côté de Morgane pour voir comment elle encaissait la nouvelle. La fillette le dévorait des yeux, entre désespoir et adoration. Dans cet océan de malheur qu'était sa vie, une petite voile dansait à l'horizon. Elle avait un grand frère magnifique qui allait tous les sauver.

L'apitoiement de Léo fut de courte durée. Le soir, dans la chambre à coucher, il entreprit de terroriser Barthélemy.

— Tu vas pas te mettre un poids pareil sur l'dos, non ?

La leucémie, ça voulait dire la chimiothérapie, le dégueulis, les cheveux qui tombent. Le môme, maigre comme il était déjà, il n'aurait plus que la peau et les os. Style retour des camps de concentration.

— I' s'en sortira pas, prédit Léo. Mais à quatorze ans, le cœur est bon. I' va mettre du temps à crever. Un an, deux ans. T'imagines, deux ans dans les couloirs de la mort ? Avec les prises de sang, les perfs, la morphine !

Il criait, hystérique. La porte de la chambre s'ouvrit. Siméon parut.

— Tu pourrais parler moins fort ? Je suis au courant de ce qu'est la leucémie, merci.

Léo se tourna vers Bart.

— C'est lui qui va faire la loi, chez moi ?

— Où tu as vu jouer ça ? répondit Bart. Tu es chez moi et tu m'emmerdes et tu fous le camp.

C'était dit sur un ton parfaitement gnangnan, mais parfaitement définitif.

Le dimanche midi, tandis que Léo remballait ses affaires, Bart emmena les cadets Morlevent au restaurant. Il avait supporté des menaces et des cris pendant la moitié de la nuit. Il avançait au radar.

— Je suis désolé, bafouilla Siméon, sans trop savoir de quoi.

— Le problème, ce n'est pas Léo, répliqua Bart sèchement, c'est le boulot.

Il perdait son job.

– Je fichais rien et c'était bien payé. Ça ne se trouve pas facilement, des boulots comme ça.

« Non, songea Siméon, et ça porte un nom pas glorieux. » Il se mit à fredonner : *I'm just a gigolo…*

– J'ai pas les moyens de vous entretenir, moi, bougonna Bart, comme en réponse.

– Si tu étais notre tuteur et si tu demandais notre garde, tu aurais des aides sociales pour nous élever. Et l'argent de Maman à gérer.

Siméon avait déjà réfléchi à tout cela.

– C'est bien gentil, lui répondit Bart. Mais la juge ne voudra pas.

– Parce que tu es pédésexuel ? s'informa Morgane, qui croyait l'expression homologuée.

Bart mima la vertu outragée.

– Oh, boy ! Vous savez quoi, les Morlevent ? Vous êtes fatigants.

Mais pour finir, il riait. Et lui aussi réfléchissait. Siméon n'avait pas tort. S'il avait la charge des enfants, il serait aidé économiquement. Mais pour prétendre à ce rôle, il faudrait avoir l'air d'un type aux normes. Draguer la petite juge ? Pourquoi pas ? Elle était sympa. Mais c'était chaud. Elle pouvait le prendre très bien… ou très mal. Faire croire qu'il avait une petite amie ? Le visage de Bart s'éclaira. Mais oui, bien sûr ! Il allait faire passer Aimée pour sa copine. Rien de plus simple. Elle était tout le temps fourrée chez lui.

Bart mangea d'excellent appétit. Dans sa tête, tout était réglé. Il allait se faire passer pour un hétéro, devenir le tuteur des enfants Morlevent et se trouver un job d'appoint pas trop dur. Genre promeneur de chiens de vieilles dames. Le seul coin d'ombre, c'était la leucémie de Siméon. Mais Bart s'était habitué à ce mot à force de se le répéter. Leucémie. Leucémie. « Ça se soigne très bien, ce machin », décida-t-il. Il s'était déjà pourri son samedi. On était dimanche et il allait exploser tous les dinos de la terre avec le fusil à pompe de Lara Croft.

Le dimanche soir, les enfants Morlevent se retrouvèrent au foyer de la Folie-Méricourt dans la petite chambre des filles. Venise avait eu plein de cadeaux, une peluche, un revolver à eau, un collier en bonbons.

— Et des boucs d'oreilles, triompha-t-elle en soulevant la masse de ses cheveux bouclés.

Elle s'installa à plat ventre sur la moquette et se mit à dessiner une farandole de petits bonshommes qui se donnaient tous la main.

— C'est les Morlevent, expliqua-t-elle à Morgane et Siméon.

Elle les énuméra : Bart, Josiane, Morgane, Siméon et Venise. Il restait un sixième bonhomme, plus haut que les autres.

— C'est qui ? demandèrent les deux grands.

— C'est Papa.

Sans se parler, les trois enfants firent comme sur le dessin et se donnèrent la main. Siméon ferma les yeux et pensa très fort : « Courage et volonté. »

Chapitre 7
Où Laurence côtoie la folie et Bart, un précipice

Le mari d'Aimée était représentant en lingerie. Il partait tôt, rentrait tard, s'absentait parfois plusieurs jours. Quand il revenait, c'était toujours sans crier gare et Aimée avait tout intérêt à se trouver au logis.

Ce lundi matin, Bart guetta son départ par la fenêtre. Quand sa voiture eut tourné le coin de la rue, Bart alla se regarder dans son miroir. Il se coiffa puis, mécontent, se décoiffa. Il ouvrit assez largement sa chemise et, les cheveux en bataille, la mine un peu fatiguée, il s'admira assez longuement.

— Hypersex, fut son commentaire.

Il monta à l'étage supérieur et sonna. Affolée, la voisine entrouvrit sa porte.

— Tu as oublié quel... Oh, Bart !

— Ça marche, le Temesta ? lui demanda Barthélemy, appuyant sa tête au chambranle.

— Chut ! *Il* vient juste de partir.

— Je sais. Dites, Aimée, j'aurais un service à vous demander.

— Oh non, gémit la jeune femme. Ça rate toujours.

Bart se mit à tripoter le col du chemisier d'Aimée.

Cela faisait partie de ses petites manies pour engourdir ses interlocuteurs.

— C'est tout simple, Aimée. Vous allez faire semblant d'être ma petite amie.

— Personne n'y croira, répondit-elle, catégorique.

— Vous allez me vexer. C'est juste pour tromper la juge des tutelles. On ne me confiera pas les enfants si j'ai pas l'air d'un type normal. Comme votre mari. Lui, il est normal. Pas moi.

Bart grinçait un peu des dents.

— Excusez-moi, Bart, il faut que je m'asseye, dit soudain Aimée. Le matin, j'ai des malaises.

— Oh, boy ! Vous n'êtes pas leucémique, au moins ? râla Bart, que le côté calamiteux de la vie commençait à exaspérer.

— Non, non, je suis…

Elle baissa encore la voix.

— Je suis enceinte. *Il* ne le sait pas. *Il* est furieux quand je suis enceinte.

— Impec, commenta Bart. Ma petite amie est enceinte. Ça, ça fait normal. Mais vous mettrez un coussin parce que, là, ça ne se voit pas.

Bref, et comme d'habitude, Bart eut gain de cause. La juge des tutelles devait passer en fin d'après-midi. Aimée lui ouvrirait la porte et se comporterait en maîtresse de maison.

— Il faudra me tutoyer, lui dit Bart avant de s'en aller. Tutoyez-moi pour voir.

— Ne t'en fais pas. Je te tutoierai, répondit Aimée, une légère rougeur animant ses joues pâles.

— Peut-être, ça serait bien que vous m'appeliez « chéri » ? fit Bart d'un ton pensif. Essayez voir.

— Ce n'est pas la peine, protesta Aimée. Les gens qui vivent ensemble ne se disent pas nécessairement « chéri ».

— Et ils s'envoient des couvercles à la figure ? Je ne peux pas me fier à votre expérience. Moi, je crois que les gens qui vivent ensemble et qui sont normaux s'appellent « chéri » entre eux.

— Pas nécessairement.

— Si, je crois.

Ils butaient tous les deux sur ce point et n'étaient plus très loin de se fâcher.

— Bon, on se calme, transigea Bart. Moi, j'ai du mal à vous tutoyer et vous, vous ne voulez pas m'appeler « chéri ». Si, si, j'ai bien compris que c'était ça. Alors, je vous dirai « vous » et « chérie » et vous, vous me tutoierez et vous m'appellerez « monsieur Morlevent ». L'essentiel, c'est que notre couple paraisse équilibré.

Aimée riait. Il n'y avait que Bart sur terre qui la faisait rire.

Comme l'utilité de son stratagème n'allait peut-être pas sauter aux yeux de Siméon, Bart ne lui en parla pas.

— Ça m'ennuie de manquer, ce matin, au lycée, dit l'adolescent, que Bart conduisait au laboratoire. J'avais un devoir sur table en philo.

— Tu sais, tu as quatorze ans. Moi, j'ai passé mon bac à vingt ans. Ça te laisse une marge.

— Je vais te faire de la peine, Bart, mais tu n'es pas mon modèle dans l'existence.

Chaque fois, Siméon regrettait sa suffisance envers

Barthélemy. Ce n'était pas du tout ce qu'il avait envie de dire. Ce matin-là, malgré le nouveau malheur qui le frappait, le garçon était content. D'être assis sur une banquette de voiture à côté de son frère aîné, il était content. Seul le malheur avait pu soudainement les rapprocher. Y a-t-il un destin, une providence, un Dieu, quelque chose ou quelqu'un qui croise les fils de nos vies ? Siméon, qui découvrait depuis peu la philosophie, se posa la question en tendant le bras à l'infirmière du laboratoire. Un cri lui répondit. Puis un fracas d'éprouvettes s'écrasant sur le carrelage. Bart s'était évanoui à la vue du sang dans la seringue.

— Les résultats seront à prendre demain soir, fit la secrétaire du laboratoire. Ça va mieux, monsieur ?

Cette interrogation pleine de sollicitude était pour Bart, bien sûr. Siméon nota, avec un amusement détaché, que Barthélemy avait le chic pour attirer toute l'attention sur lui, quelle que fût la situation. Sur la route du retour, Bart mit la radio d'un geste machinal. Un air de boogie envahit l'habitacle de la voiture et lui fit tapoter le volant.

— Papa jouait un air qui ressemblait à ça, dit Siméon d'une voix embrumée.

— Papa ? releva Bart. Tu veux dire…

— Ton père. Mon père. Tu sais bien qu'il était compositeur ?

Bart se fit alors la réflexion, très inédite, que Siméon avait connu leur père et devait même avoir des souvenirs précis. Cela le mit mal à l'aise comme si son frère savait un secret le concernant.

— Tu étais très petit quand il est parti ? lui demanda Siméon.

– À l'époque, on me comptait en centimètres, pas en années.

– Tu n'étais pas né ?

Bart ne jugea pas utile de confirmer. Georges Morlevent avait abandonné une femme enceinte. Le drame fut pour la mère mais l'insulte était pour lui, Barthélemy. Un homme n'avait pas voulu de lui. Il haïssait cet homme.

– Tu lui ressembles, dit Siméon.

Sur cet air de boogie, des mots, des images lui venaient. C'était son père lui déclamant le *Manifeste* de Karl Marx au coucher, son père nourrissant à la cuillère un bébé hérisson, son père jouant du piano au milieu de la nuit, son père marchant en équilibre sur le bord du balcon. Un funambule. Fantasque. Siméon se mit à parler. Il raconta. Et quand son père ne rentrait pas et que sa mère pleurait. Et quand son père rentrait et que sa mère criait.

– Tu as les mêmes yeux que lui, précisa Siméon. Mais lui, il était myope comme moi.

Il parlait en regardant la route devant lui. Cela lui faisait plaisir de pouvoir évoquer cet homme mystérieux sur un fond de musique jazzy. S'il avait jeté un coup d'œil de côté, il aurait vu que Bart se cramponnait à son volant, les mâchoires crispées.

– Arrête de m'en parler ! cria-t-il enfin.

– Mais...

– Arrête ou je le tue !

Je tue son fantôme, je tue tes souvenirs, à toi qui l'as connu. Avec le fusil à pompe de Lara Croft. Bart lâcha le volant et fit mine d'épauler.

– Déconne pas ! hurla Siméon.

Les pneus crissèrent. Le carton fut évité de justesse.

– « Les frères Morlevent meurent dans un accident de voiture », plaisanta Bart, comme s'il lisait une manchette de journal. Tu crois que monsieur Morlevent père viendrait à notre enterrement ?

– Parce que tu crois qu'il est toujours vivant ?

– Tant que je l'ai pas dégommé, dit Bart entre ses dents.

Ce lundi, le dossier Morlevent posait de nouveau de sérieux problèmes à madame la juge des tutelles. Pourtant, elle ignorait encore que Siméon devait être hospitalisé, le mercredi. C'était un appel téléphonique de Josiane Morlevent qui perturbait Laurence. Selon l'ophtalmologue, la petite avait été choquée par Barthélemy.

– Choquée ? répéta Laurence.

– Bart a probablement l'habitude de se promener nu dans son appartement. Je préfère ne pas chercher d'autre explication.

Josiane avait pris sur elle de dire que la petite fille était « choquée » alors que Venise n'avait parlé du « zizi » de Bart que sur un ton de malice. Mais il fallait que cette juge se décide à faire quelque chose et interdise à Bart de recevoir les enfants chez lui.

– Je dois justement voir monsieur Morlevent tout à l'heure, répondit Laurence. Nous aborderons la question.

Josiane nota avec satisfaction que Barthélemy était redevenu « monsieur Morlevent » dans la bouche de la juge.

C'était tout de même plus convenable.

Quand elle sonna chez Bart, la juge eut la surprise d'être accueillie par un visage féminin.

— Vous venez voir Bart pour les enfants ? dit Aimée sur le ton de quelqu'un qui est bien au courant. Entrez, Bart est au salon.

Barthélemy avait précipitamment éteint sa console et s'était emparé du *Figaro* à la page des petites annonces. Il se sentait l'incarnation même de la normalité.

— Je cherche du boulot, dit-il en se levant. Bonjour. Vous connaissez Aimée, je crois ? Non ?

Il fit l'étonné.

— Chérie, dit-il, tu nous fais du café ?

Il faillit ajouter « sans Temesta », mais se contrôla juste à temps. Laurence tombait des nues. Qu'est-ce que venait faire cette fille, ici ? Elle semblait plus âgée que Barthélemy et assez défraîchie. L'observant de plus près, la juge nota qu'Aimée avait une coupure mal cicatrisée sur une pommette et la lèvre inférieure enflée.

— Je suis tombée dans l'escalier, dit Aimée en portant furtivement la main à son visage.

« C'est ce que disent toutes les femmes battues », pensa la juge, éberluée.

— Il faut que je vous parle en particulier, monsieur Morlevent, dit-elle sévèrement.

Barthélemy se tourna vers Aimée.

— Je suis désolé, chérie. Est-ce que tu peux nous laisser un instant… heu, chérie ?

Aimée hocha la tête en soupirant. Bart était encore plus anormal quand il se mêlait d'avoir l'air normal. Quand ils furent seuls, Barthélemy se rapprocha de la juge. Malheureusement, elle n'avait pas de col de chemisier à tripoter. Mais un pull en V dont l'encolure longeait vallons et précipice.

– Monsieur Morlevent, je dois vous poser une question un peu…

Laurence était tout de même bien embarrassée.

– Enfin… en clair, la petite Venise vous accuse de…

À l'idée que son adorable petite sœur l'accusait de quoi que ce soit, Bart ouvrit des yeux effarés.

– De… enfin, dans son jargon, n'est-ce pas, bafouilla Laurence, de lui… que vous lui auriez montré… Vous pratiquez le naturisme, peut-être ?

– Comprends pas, mâchonna Bart.

– Venise a dit à Josiane Morlevent qu'elle avait vu votre zizi. Voilà.

Laurence expira profondément. Bart eut un petit haussement d'épaules.

– Ben, oui, dit-il comme si la chose ne demandait pas tant de circonlocutions.

– Oui ? Vous reconnaissez que…

Bart fronça les sourcils. Il venait soudain de comprendre l'accusation qui planait au-dessus de sa tête.

– Oh, boy ! s'exclama-t-il. Mais la gosse est entrée dans ma chambre ! J'allais prendre ma douche ! Ma chambre ne ferme pas à clef.

Il se débattait, presque paniqué.

– Enfin… vous me croyez ? Ce n'était pas exprès ! Demandez à Siméon. Il était là.

– Ah ? Il était là ? releva la juge.

– Mais Morgane aussi ! Ils sont tous entrés dans ma chambre. Oh, boy ! J'allais prendre ma douche.

Il en aurait pleuré.

– J'ai toutes les tares, hein ? Vous ne voulez pas me confier la tutelle. J'ai compris vos manigances, vous savez.

– Je ne manigance rien, répliqua Laurence. C'est votre demi-sœur qui…

– Laquelle ? Venise ou Josiane ?

Laurence sentit que la tête lui tournait. Hypoglycémie de fin de journée. Il lui aurait fallu un petit carré à croquer.

– Attendez, il faut que je m'asseye, murmura-t-elle.

– Allons bon, ronchonna Bart. Vous êtes enceinte ou leucémique, vous ?

– Qu'est-ce que vous racontez ? s'impatienta la juge.

– Non, c'est rien, fit Bart distraitement. C'est parce que Aimée est enceinte et Siméon leucémique.

– Quoi ! ? Siméon…

– Ah, vous n'êtes pas au courant ? remarqua Bart nonchalamment. J'ai appris ça samedi.

– Ce n'est pas possible, se révolta Laurence. Vous dites vraiment n'importe quoi !

– Demandez à mon médecin. Le docteur Chalons. C'est comme pour la douche. C'est vrai. Je ne dis que la vérité.

Pris de remords, Bart rectifia :

– Sauf pour Aimée. Elle est enceinte, mais ce n'est pas de moi.

– Excusez-moi, dit Laurence.

Elle ouvrit son sac, sortit sa plaque de chocolat et, pour la première fois de sa vie, céda publiquement à son vice caché. Barthélemy la regarda faire avec intérêt.

– Moi aussi, je n'aime que le noir, dit-il, assez tenté.

– Vous en voulez ?

Elle coupa deux carrés et les lui tendit.

– C'est une bonne marque, apprécia Bart, en montrant l'emballage.

– Reprenons, dit Laurence, rassérénée. Venise…

– … est entrée dans ma chambre sans frapper.

– Aimée…

– … est la femme du voisin du dessus.

– Mais pourquoi l'appelez-vous « chérie » ? se méfia Laurence.

– Pour avoir l'air normal.

Laurence regarda ce qui restait de la plaque de chocolat et décida de la terminer.

– Siméon ? reprit-elle.

– … est leucémique.

– Oh, mon Dieu !

C'était assez délicat d'invoquer Dieu, la bouche pleine.

– Sur le moment, ça fait de l'effet, la tranquillisa Bart. Il faut se répéter le mot plein de fois. Leucémie. Leucémie. Leucémie. On s'habitue.

Laurence sentait nettement que son cerveau partait à la dérive. Pour la réconforter, Bart, du bout du doigt, se mit à longer vallons et précipice.

– C'est comme ça, dit-il gentiment. C'est la vie, chérie.

Il se prit une tape sur la main. Être normal ne lui valait rien.

Chapitre 8
Qui fait appel au corps médical

Venise avait d'abord demandé à Dorothée Chapiro :

— C'est pourquoi je suis là ?

— Pour parler, si tu en as envie, répondit la psychologue. Mais bon, si tu préfères, tu peux dessiner, faire de la pâte à modeler, jouer à la poupée et tout.

— J'aime dessiner.

La psychologue poussa vers la petite fille des feuilles blanches et des feutres. → marker

— Je dessine quoi ? demanda Venise, qui confondait un peu avec l'école.

— Ce que tu veux.

— Je dessine bien les diables, proposa la petite fille.

— Les diables ?

Dorothée Chapiro évitait → avoid de commenter ce que disaient ses petits patients. Elle se contentait de répéter la fin de leurs phrases sur un ton d'interrogation.

— Je fais un diable à Siméon quand il m'embête, raconta Venise en commençant son drôle de petit bonhomme cornu. Et des fois, j'écris : « Siméon con ».

— Siméon con ?

Venise se mit à ricaner comme font les petites filles

conscientes de dire de « vilaines choses ». Elle termina son diable et écrivit en dessous : « SIMÉON PD ».

– Siméon… pé… dé ? lut Dorothée à haute voix.

– C'est comme con.

– Ah oui ?

La fillette, avec l'intuition de ses cinq ans, était allée droit au problème. Josiane Morlevent avait eu une première entrevue, seule à seule avec la psychologue, et elle lui avait longuement parlé du demi-frère homosexuel qui risquait de devenir le tuteur de Venise.

– Et à Barthélemy, tu lui fais des diables, aussi ? questionna Dorothée, l'air innocent.

– Nooon ! rugit Venise. Des cœurs !

– Des cœurs ?

– Trois. Parce que je l'aime à la folie. Trois, c'est pareil que pour Zorro.

– Pareil que pour Zorro ?

– Oui, quand je sera grande, j'épousera ou Zorro ou Bart.

– Tu épouseras Bart ?

Venise prit une mine un peu lassée.

– Oui, je sais. On marie pas son frère et trucmachin. Mais Bart, il est TROP beau.

– Trop beau ? fit semblant de s'étonner Dorothée.

– Tu veux que je te le dessine ?

– Tu dessines ce que tu veux, lui rappela la psychologue.

– Mais je le dessine tout nu ou habillé ?

Dorothée eut du mal à réprimer un sourire. La fillette avait parfaitement compris ce qui avait affolé Josiane Morlevent et pourquoi elle était là, dans le bureau de la psychologue.

— Tu fais comme tu veux, lui répéta Dorothée.

La fillette eut l'air d'hésiter. Puis elle eut une petite moue comme si elle renonçait.

— Je vais pas te le dessiner tout nu parce que je l'ai pas bien vu. Il m'a dit « pchi ».

— Il t'a dit « pchi » ?

— Pour que je sors de la chambre. Il était pas content. J'avais pas frappé à la porte.

— Et voilà, conclut Dorothée, émerveillée par le savoir-faire inconscient de l'enfant.

Venise avait entièrement dédramatisé la situation. Bart n'était pas un exhibitionniste. Mais Venise était bien une petite curieuse de cinq ans. Elle dessina un très beau Barthélemy avec une couronne sur la tête.

— C'est le Prince Charmant ? ne put s'empêcher de dire la psychologue.

Venise secoua la tête.

— C'est le Roi mage. Il m'apporte un cadeau.

— Un cadeau ?

La fillette adressa à la psychologue un sourire d'une malice impénétrable.

— Des boucs d'oreilles, dit-elle.

Pour conclure la séance, Venise refit le compte des Morlevent en les dessinant. Cette fois-ci, elle en trouva sept. Bart, Josiane, Siméon, Morgane, Venise, Papa et Maman-au-ciel, qui avait enfin rejoint le clan.

« Petite fille très précoce, nota pour elle-même la psychologue, et qui est en train de faire son deuil à sa manière. Curiosité sexuelle normale pour son âge. »

Josiane pressa Dorothée de questions. Elle voulait le compte rendu de la séance et, si possible (mais elle ne l'avoua pas), des accusations précises contre Barthélemy. La psychologue se déroba. Elle ne trahissait pas ses jeunes patients.

— Venise peut continuer à voir son frère aîné, dit-elle simplement, parce que, bon, il n'y a pas de problème.

— Mais la tutelle ? se récria Josiane. La juge ne peut pas confier la tutelle à Barthélemy ! Un homosexuel !

La psychologue devina que, s'il y avait effectivement un problème dans la famille Morlevent, c'était entre Josiane et Barthélemy. Ils allaient s'arracher les enfants.

Elle ne voulut pas braquer Josiane en lui donnant trop nettement tort. Après tout, elle ne connaissait pas Barthélemy.

— Ce serait bien que Venise commence une psycho-thérapie, dit-elle, parce que, bon, elle vient de vivre des choses terribles et tout. Mais il faudrait peut-être aussi envisager une thérapie familiale parce que, bon, il faudrait éclaircir la situation entre votre frère, vous et tout.

Autant Dorothée déchiffrait aisément les autres, autant elle peinait à s'exprimer.

— Une thérapie familiale ! répéta Josiane comme si c'était la chose la plus idiote qu'elle ait entendue depuis longtemps. Mais moi, je vais bien, je vous remercie.

Le soir, le mari de Josiane dut subir ses longues récriminations. Incroyables, ces psychologues ! Ils inventent des problèmes où il n'y en a pas et, quand on leur signale un type qui porte une boucle d'oreille, qui marche en chaloupant, qui offre des poupées mâles aux petites filles et se promène nu devant elles, eh bien, ils ne voient pas où est le problème !

Bart ignorait qu'il faisait l'objet de cette charmante

étude de comportement. Mais ce mercredi matin, dès qu'il franchit le portail de l'hôpital Saint-Antoine, il sut qu'il allait passer un mauvais moment.

— On va demander à la réception où se trouve le service de… de machin…

Le mot de «leucémie» ne lui venait pas trop facilement quand il était avec Siméon.

— C'est inutile, répondit son frère en lui montrant une pancarte : «Service du professeur Mauvoisin». C'est par là.

Bart regarda nerveusement sa montre.

— On est un peu en avance. On pourrait se balader dans le jardin.

— On va dans la salle d'attente, répondit Siméon, le ton las.

Bart lui proposa un chewing-gum.

— Calme-toi, dit Siméon en repoussant le paquet.

Quand ils arrivèrent devant le petit bâtiment en briquette rouge, Barthélemy mastiquait frénétiquement et Siméon, pris d'une suée d'angoisse ou de fatigue, avait quelque difficulté à marcher. Une jeune infirmière les accueillit au bout du couloir.

— Siméon Morlevent ? Le professeur ne va pas tarder. Asseyez-vous, messieurs.

Il n'y avait pas vraiment de salle d'attente. Juste quelques sièges en demi-cercle et trois magazines de l'année passée dans un porte-revues.

— Ah, ça pue, c'est dégueulasse, râla Bart sur un ton d'agonie.

C'était l'odeur de l'hôpital, un shoot d'éther et de javel à vous mettre le blues pour le reste de la journée.

— Calme-toi, répéta Siméon.

Le professeur arriva juste à l'heure. Nicolas Mauvoisin avait la quarantaine allante. Au repos, il faisait dix ans de moins. Quand il sortait de certaines chambres, à l'hôpital, il en faisait dix de plus. Il avait volontairement choisi un poste exposé où les victoires étaient précaires et les défaites cruelles. Ses malades étaient tous à l'aube de la vie.

— Siméon ? dit-il en se plantant devant le garçon.

Il possédait déjà parfaitement le dossier Morlevent. Grâce au docteur Chalons, il savait que Siméon était orphelin et en classe de terminale à quatorze ans. Les deux frères s'étaient levés. Mauvoisin jeta un coup d'œil de côté à l'aîné et lui fit un signe de tête distrait.

— Je suis Nicolas Mauvoisin, dit le médecin en serrant la main de Siméon. Je vais te recevoir dans dix minutes. J'ai un coup de fil à passer. Tu m'excuses ?

— Oui, monsieur, heu, docteur…

Siméon n'avait pas l'habitude d'hésiter sur les mots à employer. Mais il était impressionné.

— Mes malades m'appellent Nicolas, l'autorisa le médecin.

Siméon comprit le discret signal que Mauvoisin lui envoyait. Il faisait déjà partie des malades du service. Il eut un sourire résigné. Dix minutes plus tard, exactement, l'infirmière vint chercher les deux frères.

Le bureau du professeur Mauvoisin semblait une enclave dans le monde de l'hôpital. Il était tout simplement luxueux. Bart et Siméon prirent place dans des fauteuils de cuir noir. Le médecin écarta un éclatant bouquet hivernal pour les voir tous les deux à la fois. Mais très vite, il concentra son attention sur Siméon.

– J'ai reçu les résultats de l'analyse de sang. Ils confirment le diagnostic du docteur Chalons. Leucémie.

– Je suis condamné ? dit Siméon en feignant l'indifférence.

Nicolas Mauvoisin déplaça de nouveau le bouquet comme pour écarter la question.

– Je le suis aussi, répondit-il. Nous le sommes tous. Dans l'immédiat, tu es vivant.

C'était dit presque brutalement, pour barrer la route au désespoir.

– Tu as dans ton sang, Siméon, des globules blancs immatures qui prennent la place des composants normaux du sang et qui se répandent comme un feu de forêt. Nous avons les moyens de lutter. Mais il faut que tu nous aides.

Il interrogea le garçon du regard. Siméon acquiesça en baissant lentement les paupières.

– Nous allons nous fixer un objectif, toi et moi, et nous allons l'atteindre.

Mauvoisin fonctionnait toujours de cette façon. Le jeune malade désignait l'objectif qu'il visait, par exemple passer la Noël à la maison, et si le professeur estimait l'objectif à portée, tout son service s'engageait aux côtés du jeune pour qu'il l'atteigne.

– As-tu quelque chose que tu souhaites avant tout réaliser ou obtenir ? demanda le professeur Mauvoisin.

– Je veux passer mon bac, répondit immédiatement Siméon.

– Bien. Nous sommes en février. Les épreuves auront lieu fin juin ? Bien. Ça nous laisse… presque cinq mois.

Le professeur eut une petite moue. Il évaluait la situation. Il n'avait pas encore tous les éléments en main pour juger des chances réelles de Siméon. Il se décida à jeter un nouveau regard sur le jeune homme qui l'agaçait prodigieusement à mâchonner son chewing-gum. Ce regard pétrifia Bart, qui aplatit son chewing-gum au palais.

— Vous êtes le demi-frère de Siméon?

— Mmm, fit Bart, la langue scotchée.

— Vous allez pouvoir l'épauler? Lui apporter les devoirs à faire à l'hôpital, le maintenir à niveau?

Barthélemy écarquilla les yeux.

— C'est lui, le surdoué, parvint-il à dire en désignant Siméon.

Le professeur Mauvoisin se rejeta au fond de son fauteuil, l'air mécontent. Il attrapa une paire de lunettes sur son bureau, les chaussa et dévisagea Bart. Le jeune homme s'empourpra et le médecin arracha ses lunettes. L'examen n'avait duré que deux ou trois secondes. Bart se sentit rejeté autant que les lunettes.

— Bien, dit Mauvoisin en ne s'occupant plus que de Siméon. On t'hospitalise maintenant et on te fait une ponction de moelle à hauteur de la poitrine. On commence le traitement demain. Je t'en préciserai les modalités à ce moment-là. On fera une petite réunion d'équipe dans ta chambre et on verra avec toi si le bac en juin, c'est jouable ou pas.

Siméon eut un sourire conquis. Le professeur Mauvoisin avait inventé le *pow-wow* à l'hôpital.

— Je ne meurs pas tout de suite? dit-il, sur le ton de la blague.

— Tu veux vivre? le testa Mauvoisin.

— Oui.

— Jusqu'à quel âge ?

— Quatre-vingt-neuf ans.

— Seulement ? Je te croyais ambitieux.

Ils rirent, tous les deux. Quand l'infirmière vint chercher Siméon pour le conduire au premier étage, chambre 117, il était totalement pacifié. Il se déshabilla et se coucha, en attendant qu'on vienne le chercher pour la ponction.

— Comment tu as trouvé le médecin ? demanda-t-il à son frère.

— Hypersex, ronchonna Bart.

— Tu es vraiment con, dit Siméon en fermant les yeux. Il les rouvrit aussitôt.

— Tu m'apporteras mes bouquins, demain ? Ils sont dans ma valise au foyer. Et mes cahiers, et ma trousse. Et des copies. Tu préviendras le bahut ? Il faut voir le proviseur, monsieur Philippe, OK ?

— Oui, boss, fit Bart, fatigué d'avance.

Quand on vint chercher Siméon pour l'examen, Barthélemy se demanda en quoi consistait une ponction de moelle. Puis, sentant qu'il allait tourner de l'œil, il ajourna la question. Siméon n'eut pas ce loisir. La jeune équipe du professeur Mauvoisin avait parfois un souci pédagogique exagéré. L'un des médecins, un jeune type un peu chauve, expliqua donc à Siméon, avec un certain enthousiasme dans la voix, qu'on allait lui faire le prélèvement de moelle en pénétrant dans l'os au moyen d'un trocart (« une sorte de poinçon », précisa-t-il), puis qu'on aspirerait la moelle à l'aide d'une seringue.

— On va m'endormir ? demanda Siméon.

— Pas du tout, répondit le médecin comme s'il s'agissait d'une bonne nouvelle. On va te mettre une crème avant la ponction. Ça devrait te soulager. Et si ça ne te soulage pas assez, tu pourras respirer un mélange de protoxyde d'azote et d'oxygène dans ce masque. Ça marche bien, ça.

En vérité, la crème ne soulageait rien et le fameux mélange ne marchait pas. Mais les médecins ont besoin de se rassurer sur le sort de leurs patients.

— Maman! hurla Siméon, quand l'aiguille en forme de T traversa l'os.

Et il se mordit la main quand on fixa la seringue au bout de l'aiguille et qu'on aspira la moelle.

— C'était bien? demanda Bart quand l'infirmière eut aidé Siméon à s'allonger.

— Hypersex, répondit le garçon. Je crois que je vais dormir, Bart.

Barthélemy plia les genoux pour approcher sa tête de celle de son frère.

— À demain, lui souffla-t-il dans l'oreille. J'aurai tes bouquins.

— Attention à la contagion, monsieur, signala l'infirmière.

— Hein? Il est contagieux?

Bart s'écarta vivement. Siméon eut un faible rire.

— Pas moi, crétin. Toi!

La résistance de Siméon aux infections était nettement diminuée du fait de la leucémie.

— Oh, boy! soupira Bart, soulagé.

Le *pow-wow* eut lieu le lendemain matin dans la chambre 117. Le professeur Mauvoisin, l'infirmière, le docteur et l'aide-soignante qui allaient suivre de près Siméon bavardèrent quelques instants avec lui.

— Bien, dit le professeur, après un discret coup d'œil sur sa montre. Nous allons faire le point sur ton état, Siméon. Tu es atteint d'une leucémie aiguë lymphoblastique. Ces mots ne doivent pas t'affoler. C'est le type de leucémie que nous soignons le plus couramment ici et nous avons d'excellents taux de rémission dans notre service. Nous partons tout de même avec un handicap du fait que tu n'as pas trop de réserves.

— Vous faites allusion à ma maigreur ? Est-elle liée à ma leucémie ou est-ce indépendant ? questionna Siméon avec ce détachement dans le langage qui avait déjà étonné le personnel soignant.

— Tu es maigre parce que c'est ta constitution. Mais ça ne doit pas non plus te décourager. Il y a des maigres qui sont très résistants.

— C'est sûr, fit la brave aide-soignante. J'ai mon Vincent qu'est tout maigre et il est jamais malade. Même pas un rhume.

— Merci, Maria, fit Mauvoisin avec un sourire un peu crispé. Donc, nous avons parlé de tout ça avec Joffrey...

Le jeune médecin un peu chauve qui avait effectué la ponction fit un signe de tête à Siméon.

— ... et nous pensons sincèrement que tu devrais pouvoir passer le bac, cette année. En tout cas, Joffrey, Évelyne, Maria et moi, nous allons tout faire pour que tu sois sur pied à la mi-juin.

Siméon en eut les yeux brouillés de larmes. Il devinait pourtant que ce discours optimiste n'envisageait pas une guérison définitive. Le professeur Mauvoisin évitait le mot « guérison ».

– Bart va m'apporter mes livres, tout à l'heure, répondit Siméon. Ce sera possible de faire mes devoirs, ici ?

Mauvoisin et Joffrey se consultèrent du regard. Fallait-il parler maintenant des effets secondaires du traitement ?

– Entre deux vomissements, ajouta Siméon en souriant.

Le professeur l'approuva d'un signe de tête.

– Ce serait dommage que tu ne vives pas jusqu'à quatre-vingt-neuf ans.

Sur cette remarque, Mauvoisin tendit la main au garçon.

– Je dois écourter ma visite, ce matin.

Il se tourna vers Joffrey.

– Je reçois les parents de Philippe dans mon bureau.

– Ah, c'est le pauvre petit qu'est en rechute, intervint Maria d'un air entendu. Faut-i' que je fasse du café aux parents ?

Le professeur se passa la main devant les yeux en songeant que la collégialité était parfois éprouvante pour les nerfs.

– Ça ira, Maria, merci. Joffrey, tu expliques à Siméon les détails du traitement ?

– Pas de problème, fit Joffrey, toujours enthousiaste.

Le traitement d'attaque allait durer six semaines.

Joffrey se gargarisa de différents noms de médicaments, tous formidables. La *Vinca rosea*, extraite de la pervenche, avait tout de même sa préférence.

– Ce sont des perfusions ? s'informa Siméon.

– Voilà. Ça coule jour et nuit. On te branche aujourd'hui à 14 heures et on te débranchera quand tu seras guéri.

Il sourit. Lui prononçait le mot. Il était jeune. Il y croyait.

À 14 heures, le professeur Mauvoisin vint en personne poser la perfusion, soin qu'il déléguait généralement à l'infirmière. Siméon le regarda enfoncer l'aiguille dans la veine, à l'intérieur du coude. Il la fixa avec un sparadrap. L'aiguille était prolongée par un tuyau. Le tuyau remontait jusqu'à un sac en plastique transparent, empli de liquide. Ce sac lui-même était suspendu à une perche montée sur des roulettes que Siméon avait d'abord prise pour un portemanteau design.

— Tu pourras te déplacer, malgré la perfusion, en poussant la perche devant toi, lui signala Mauvoisin. Tu restes parfaitement autonome.

Siméon regarda amicalement la poche de médicaments qui allait détruire les cellules malignes.

— Vous m'avez mis de la *Vinca rosea* ? demanda-t-il.

— Notre petite pervenche ? Oui, elle est là. Tu la vois ? répondit Nicolas en regardant à son tour le liquide transparent.

— Ma petite sœur a des yeux pervenche.

— Ton grand frère aussi, remarqua le professeur Mauvoisin. Il ne doit pas t'apporter tes livres, aujourd'hui ?

— Si. Il ne devrait pas tarder.

Mais il tarda, et même beaucoup. À 17 heures, Bart n'était toujours pas là. Cela éprouva Siméon plus durement que la migraine qui cognait dans ses tempes. Si Bart traînait déjà les pieds, que serait-ce quand le combat serait vraiment engagé ? À 18 heures, le jeune homme poussa la porte de la chambre 117.

— Mais tu as vu l'heure ? l'accueillit Siméon, ulcéré.

— Et t'as vu le bourrin ? râla Bart en lâchant deux énormes paquets de bouquins.

Il avait rencontré le proviseur de Sainte-Clotilde, monsieur Philippe, qui l'avait abreuvé de consignes et de conseils.

— Il s'en fout de ta leucémie. Tout ce qui compte, c'est que tu aies le bac avec mention très bien.

— Il a raison, répondit paisiblement Siméon. Comment vont mes sœurs ? Tu as des nouvelles ?

— Ah oui ! s'exclama Bart, excédé. Des superbonnes nouvelles. Morgane est toute seule dans son gourbi, à la Folie-Machin. Elle ne veut plus manger. J'ai eu l'assistante sociale au téléphone. Elle m'a mis la tête comme ça !

Bénédicte lui avait reproché d'oublier la petite Morgane.

— Venise, eh bien, c'est comme j'avais prédit, poursuivit Barthélemy. Josiane l'a kidnappée et elle ne veut plus la rendre. J'ai eu la juge au téléphone. Alors, d'après ce que dit Josiane, Venise est très perturbée et doit faire une psychothérapie. De ma faute, certainement. Tout est de ma faute. C'est le principe de base.

Bart était à bout de nerfs. Il se sentait persécuté, incompris, exploité.

— Et c'est bien gentil de me demander de m'occuper de toi et de tes sœurs. Seulement, je ne suis pas payé pour ça. Et j'ai plus de boulot. Je fais quoi ? Le tapin ?

— Ne crie pas, Bart, supplia Siméon en fermant douloureusement les yeux.

114

— OK, je dégage.

— Mais je n'ai pas dit ça, balbutia son frère aux abois.

Bart resta debout, immobile et indécis. Ses yeux se posèrent sur la perche.

— C'est quoi, ce fourbi ?

— La perf.

Siméon repoussa le drap et montra l'intérieur de son bras. Bart vit le pansement et le tuyau qui en sortait. Il pâlit.

— Cache ça. C'est dégueulasse.

Il se laissa tomber sur une chaise.

— Quelle galère, mais quelle galère, soupira-t-il.

D'une des poches de bouquins, il sortit le magazine qu'il venait de s'acheter.

— *Spirou*, remarqua Siméon, étonné par les lectures de son frère aîné.

— Ils n'avaient plus *Fripounet*, répondit Bart. Mais oui, je suis con ! Même quand tu ne le dis pas, je l'entends.

Il se mit à lire ses bédés en mâchonnant son chewing-gum, l'air aussi concentré que s'il lisait du Descartes.

— Tu me passes *Le Discours de la méthode* ? chuchota Siméon.

Bart souffla d'exaspération comme s'il était arraché à une occupation des plus importantes. Il fouilla dans les sacs, faisant un saccage de devoirs et de polycopiés.

Siméon, couché sur le côté, le regarda faire, se désespérant en silence.

— Le *Discours*… Tiens, c'est ça. C'est tout plat, remarqua Bart. Ça parle de quoi ?

— Du discours et de la méthode, plaisanta Siméon, en essayant de se remettre à plat dos.

La perf bougea et il eut peur de la faire sauter.

— Bart, tu... tu peux m'aider à me redresser ?

— Mais c'est pas vrai ! râla Bart. Je vais jamais arriver à lire mon *Spirou*.

Il s'approcha du lit, posa un genou sur le matelas, attrapa son frère assez maladroitement sous les bras et le tira. Siméon se cambra puis laissa aller sa tête sur l'oreiller, épuisé par ce simple effort. Bart vit enfin ce qu'il refusait de voir. Un gosse de quatorze ans s'accrochant à la vie comme il pouvait. Il s'assit au bord du lit, posa son front sur le front de son frère.

— Je suis abominable, dit-il tout bas. Mais je flippe, je flippe tellement. Tu ne m'en veux pas trop ?

Siméon ne put même pas répondre tant l'émotion l'étouffait. L'instant d'après, ils lisaient tous les deux dans le silence impressionnant d'une fin de journée à l'hôpital. Maria vint apporter le plateau-repas à 18 h 30. Bouillon de légumes, poulet basquaise, flan au caramel. Siméon se força à manger puis, écœuré, reposa ses couverts.

— Pas bon ? s'informa Bart.

Siméon eut un faible sourire qui se transforma en rictus.

— Bart ?

— Mmm ?

— J'ai mal au ventre.

Le grand frère resta sans réaction. Siméon devint livide.

— Mal, murmura-t-il.

Bart bondit dans le couloir. Il était vide.

— S'il vous plaît ! appela-t-il.

Personne. Des portes closes. 115. 116. Bart hurla :

— Au secours !

Une porte s'ouvrit. C'était le professeur Mauvoisin.

— Qu'est-ce que... Ah, c'est vous ?

— Non, c'est Siméon, balbutia Bart. Il va mourir.

Il avait dit cela, à tout hasard. Le médecin se précipita dans la chambre 117. Siméon était en train de vomir. Quand ce fut terminé, Mauvoisin fit signe à Barthélemy.

— Vous m'avez fait faire le travail de l'aide-soignante, monsieur Morlevent, dit-il, en essayant de maîtriser un mouvement d'humeur. Quand Siméon a un problème, il doit appuyer sur le bouton de la poire qui est à la tête de son lit. Éventuellement, et en attendant que l'aide-soignante arrive, vous pouvez tendre le haricot à votre frère et le soutenir pendant qu'il vomit.

Bart déclina l'offre comme à regret.

— Non, ça, je ne peux pas.

Les narines de Nicolas se pincèrent sous l'effet de la colère.

— Vous ne pouvez pas ? dit-il d'une voix blanche et se maîtrisant encore.

— Non, je ne peux pas. Allez-y, gueulez-moi dessus, fit Bart, fataliste.

Chapitre 9
Aimez-vous la tapenade ?

Morgane sans Siméon, ce n'était plus que l'ombre d'une petite fille. C'était ce zéro récolté le matin même, à l'école. Seule dans la petite chambre du foyer, Morgane était en train de sortir les affaires de son cartable. Elle attrapa sa feuille d'interrogation : «À faire signer par ta maman», avait dit la maîtresse. La maîtresse ne savait pas que Morgane n'avait plus de maman. Morgane ne l'avait pas dit et l'assistante sociale avait tout simplement oublié de prévenir son école. Parce que, d'une manière générale, on oubliait Morgane.

— Enfin, qu'est-ce qui se passe ? l'avait grondée la maîtresse, qui au fond n'aimait pas trop cette première de classe disgraciée. Tu n'as pas appris ta leçon ? Tu vois, Lexane a eu 10 !

Et maintenant, il fallait faire signer ce zéro. Mais par qui ? Morgane ne savait pas le numéro de téléphone de Bénédicte. Elle ignorait où se trouvait Josiane, celle qui lui avait pris sa petite sœur. Siméon était à l'hôpital Saint-Antoine. Mais c'était où, cet hôpital ? Et Barthélemy ? Les courants d'air ont-ils une adresse ?

Alors, l'idée vint à Morgane qu'elle n'avait qu'à signer

elle-même, en imitant la signature de sa maman. C'était probablement un crime, mais lui laissait-on le choix ? Avait-elle un modèle de signature ? Elle se remit à fouiller dans son cartable et elle finit par trouver une lettre que sa mère avait écrite à la maîtresse et que celle-ci, après lecture, avait rendue à l'enfant. La lettre disait :

«Vous voudrez bien dispenser ma fille Morgane Morlevent de piscine, ce mardi 19 octobre. En effet, elle a une rhino-pharyngite et elle tousse beaucoup. En vous remerciant. »

Et c'était signé : Catherine Dufour. En lisant ce petit mot d'une terrible banalité, le petit mot d'une maman dont la fille est enrhumée, Morgane crut que son cœur allait s'arrêter. C'était si proche, c'était hier. Les mots avaient encore l'air vivants. Morgane regarda autour d'elle comme un enfant qui sort d'un rêve. Son regard revint à la copie. Zéro. «À faire signer par ta maman.» Alors, en somnambule, Morgane prit un stylo et en s'appliquant bien, presque sans trembler, elle reproduisit la signature.

— Coucou !

C'était Bart. Vite, Morgane retourna la feuille pour cacher sa honte et son crime. Elle se releva, les mains jointes, dans un mouvement de supplication.

— Qu'est-ce qui t'arrive, toi ? lui demanda Bart, avec cette sauvagerie dans la voix dont il ne se rendait pas compte.

— J'ai fait quelque chose de mal, avoua l'enfant.

Et elle éclata en sanglots trop gros pour sa poitrine.

— Qu'est-ce que tu as fait ? Mais arrête de chialer !

Morgane hoquetait : «J'ai... j'ai... » et la suite ne venait pas. Bart eut envie de l'achever à coups de cartable.

– J'ai eu un zé… zé… rooo !

– Nous voilà bien ! dit Bart, en faisant semblant d'être catastrophé. Déjà que tu es moche. Si en plus tu deviens con…

Il s'assit sur le lit.

– Mais arrête, ronchonna-t-il. Des zéros, j'ai eu que ça des zéros, moi ! Et tu vois ? Ça ne m'a pas empêché de devenir un beau grand garçon complètement nul !

– C'est… c'est pas… le… le plus grave, hoqueta Morgane.

– Quoi d'autre ? Tu as castré ton petit copain parce qu'il draguait ta meilleure amie ?

Morgane secoua la tête. Non, ce n'était pas exactement ça. Bart attrapa la fillette par le bras assez rudement et l'attira vers lui.

– Viens là, sauterelle.

Il l'assit sur ses genoux.

– Allez, dis-moi quoi. J'adore les vilaines choses.

– J'ai signé.

– Tu as signé ?

– Le zéro.

Sur le moment, Bart ne comprit pas, puis son visage s'éclaira.

– Oh, boy ! Mais j'ai toujours fait ça. Je signais mes zéros, mes punitions, mes bulletins, mes mots d'absence. Et je trichais à l'école et je mentais à la maîtresse et je faisais punir les autres à ma place.

Morgane s'était arrêtée de pleurer. Sa carrière criminelle faisait bien pâle figure à côté de celle de Bart.

– Mais on ne dira rien à Siméon pour la signature ? quémanda-t-elle.

— Je suis folle mais pas à ce point, répliqua Barthélemy. Et à part ça, qu'est-ce que tu deviens dans la vie ?

— Ben, tu vois, dit Morgane, en montrant les murs de sa prison. Des fois, je voudrais être morte avec Maman.

Bart savait que l'assistante sociale cherchait une autre solution pour Morgane. Josiane allait peut-être accueillir l'enfant. Du coup, elle augmentait ses chances de se voir attribuer la tutelle.

— Allez, je t'embarque, décida Bart, en remettant Morgane sur pied.

— Où ?

— Chez moi.

— C'est vrai ?

Morgane n'en revenait pas. Alors, elle ne s'était pas trompée ? Cette petite voile qui dansait à l'horizon, ce grand frère magnifique, tout ça, ça existait ?

— Attends, ne t'emballe pas, la prévint Bart. Je suis un type pénible et en plus, je ne sais pas ce qui m'a pris hier, mais j'ai fait de la tapenade pour quinze jours. J'espère que tu aimes les olives.

Il rassembla les affaires de Morgane en un tas immonde qu'il fourra dans deux sacs. Et, sans la moindre conscience de la gravité de ce qu'il faisait, il kidnappa sa sœur.

Vers 19 h 30, la juge des tutelles, qui faisait des heures supplémentaires à son bureau, reçut un appel catastrophé de l'assistante sociale.

— La petite Morgane a fait une fugue !

— Ah ça, ça devait arriver ! s'exclama la juge, furieuse contre elle-même. On s'est si peu occupé d'elle !

— Les événements se sont tellement précipités, se justifia Bénédicte. J'ai prévenu Josiane Morlevent de la fugue. Mais je n'arrive pas à joindre Barthélemy.

Et pour cause, Bart et Morgane étaient au café en train de partager un banana split.

— Je vais passer chez lui, décida la juge. Si la petite cherche un refuge pour la nuit, c'est la seule adresse dont elle dispose.

Morgane en disposait même si bien que ce fut elle qui ouvrit la porte à Laurence.

— Tu es là, toi? s'exclama la juge.

— Et je joue à la console avec Bart, claironna la fillette. Il est super-fort à Lara Croft.

La juge commença à soupçonner quelque nouvelle lubie du jeune homme.

— Tiens, tiens, miss Laurence, l'accueillit Bart, sans pour autant abandonner sa manette de jeu. Regardez le super-plongeon de la mort que je sais faire.

Laurence s'assit sur le divan.

— Qu'est-ce que vous avez ENCORE fait? demanda-t-elle patiemment. Pourquoi n'avez-vous pas appelé le foyer pour leur dire que Morgane avait fugué chez vous?

— Oh, mais elle n'a pas fugué, la rassura Bart. C'est moi qui l'ai emmenée. Trop moche, ce foyer.

Laurence le regarda, consternée.

— Vous savez que le directeur a appelé la police?

— Pour quoi faire? dit Bart en quittant enfin l'écran des yeux.

— Mais Barthélemy, quand une petite fille disparaît, tout le monde s'affole, panique, toute personne sensée prévient la police!

La juge avait d'abord parlé calmement, puis elle s'était emballée.

— Ça, c'est fort, râla Bart. Je vais ENCORE me faire engueuler. On m'engueule parce que je ne m'occupe pas de Morgane. On m'engueule parce que je m'en occupe.

— Mais il n'y a pas moyen de vous faire comprendre ! enragea la juge.

— Si, je comprends très bien. Vous voulez donner la tutelle à Josiane.

— C'est une idée fixe chez vous, constata Laurence. Bien sûr que je vais confier les petites à Josiane ! Vous êtes totalement irresponsable.

— Vous parlez comme Josiane ! C'est un complot entre nanas ! hurla Bart.

Les sanglots de Morgane se déclenchèrent aussi soudainement qu'une alarme automobile.

— Je... je... veux... res... rester chez Baaaart !

La juge se précipita sur la fillette pour la calmer.

— Mais oui, ma chérie, ne pleure pas. On va trouver la meilleure solution pour Venise et pour toi.

— J'aime que Baaaart !

— Ouais, OK, tu es folle de moi, dit Barthélemy en la secouant par le bras. Mais si tu n'arrêtes pas ton klaxon, je te défenestre !

Morgane eut encore un ou deux hoquets.

— Vous avez vu ? J'ai trouvé le truc pour l'arrêter, fit Bart, assez content. Faut la secouer.

— Et vous, qu'est-ce qu'il faut vous faire pour que vous arrêtiez ? demanda la juge.

Bart eut l'air de considérer la question avec intérêt.

Laurence en profita pour décrocher le téléphone et appeler Bénédicte.

— Je suis chez Barthélemy. La petite a bien fugué pour se rendre chez lui...

Elle mentait pour protéger Bart. Le garçon s'approcha d'elle à pas de loup tandis qu'elle discutait avec l'assistante sociale. Il lui souffla « merci » à l'oreille et l'embrassa dans le cou. Mais il en fut pour ses frais. Le lendemain, Bénédicte vint chercher Morgane pour la conduire chez Josiane Morlevent. L'ophtalmologue acceptait de réunir les deux petites sœurs sous son toit.

Elle savait qu'elle augmentait ainsi ses chances d'être tutrice.

Bart se consola aisément d'être séparé de Morgane. Il put se chercher plus activement un remplaçant à Léo. Il avait établi un certain nombre de critères de sélection dont le tout premier était : « Aimez-vous la tapenade ? »

— Vous ne croyez pas que vous feriez mieux de vous chercher du travail ? lui suggéra Aimée, un jour où le représentant en lingerie était de tournée.

— Le problème, quand on cherche, c'est qu'on risque de trouver, remarqua Barthélemy.

— Vous ne voulez vraiment rien faire dans la vie ? s'inquiéta la voisine.

— Pas vraiment rien, concéda Bart. Juste pas grand-chose. Testeur de jeux vidéo, par exemple.

Il réfléchit et ajouta prudemment :

— À mi-temps.

Aimée eut l'air désolé. Elle se faisait du souci pour Barthélemy.

— Vous tournerez mal, Bart.

Le garçon eut un petit rire amusé. Il donna une pichenette dans le ventre d'Aimée.

— Et vous, vous allez tourner en barrique. Il est d'accord, le représentant en soutifs grand maintien ?

— *Il* ne sait pas encore.

Aimée frissonna et se serra elle-même entre ses bras.

— Je veux le garder, celui-là.

Bart eut une mimique de désapprobation. Une belle raclée en perspective.

— Vous lui faites toujours sa bonne soupe à votre mari ?

— Chut...

Le téléphone sonna et Bart indiqua à sa voisine :

— Ça, c'est mon rancard de ce soir.

En fait, c'était Josiane.

— Oh, boy ! s'affola Barthélemy. Les petites ont la varicelle et tu veux me les refiler ?

— Elles vont très bien. Elles m'ont demandé si elles pouvaient te voir. Je leur ai dit que j'allais t'appeler.

— Me voir ?

— Oui, te voir, répéta Josiane, excédée. Il paraît que tu es super-fort à je ne sais quoi, Sarah, Clara Loft...

Bart explosa de rire.

— Lara Croft !

Josiane ne dit pas que, pour la faire céder, Morgane avait déclenché sa sirène d'alarme et que Venise avait dessiné plein de diables vengeurs.

— Je te les dépose vers 18 heures et je les reprends après dîner, dit Josiane avec la tyrannie inconsciente d'une sœur aînée. À tout à l'heure !

— Mais... mais...

Bart se fit raccrocher au nez et se défoula en haranguant son téléphone.

— Mais j'ai un rancard, moi, ce soir ! Elle est complètement folle, cette nana !

— Il faut vous décommander, le raisonna Aimée.

— C'est l'amour de ma vie, répondit Bart, désespéré. Un grand type blond. Suédois. Ou Américain. D'ailleurs, je ne sais pas où le joindre. Je n'ai rien compris à ce qu'il me disait.

À 18 heures, avec une exactitude militaire, Josiane débarqua, accompagnée des deux fillettes. Venise se jeta sur Bart avec un grand « Chéri, bisou ! » tandis que sa sœur, les mains jointes, l'idolâtrait en silence. Plus que jamais, Josiane ressentit l'injustice qui lui était faite.

— Bonjour, Aimée ! s'écrièrent les petites en apercevant la voisine dans le salon.

Josiane ne chercha pas à éclaircir ce mystère et s'esquiva le plus vite qu'elle put.

— On joue ? On joue ? réclama Venise.

Morgane tira Bart par la manche.

— Tu as vu Siméon, aujourd'hui ?

— Ouais, il va super-bien ! fit Bart, imitant l'enthousiasme du docteur Joffrey. Il dégueule tous ses repas, mais c'est bon signe. C'est que les produits agissent. Quand il sera mort, il sera guéri.

— Bart, lui reprocha doucement Aimée à mi-voix.

Les deux petites sœurs le regardaient, béantes de douleur.

— Mais le docteur Joffrey m'a donné un nom de boisson à acheter pour Siméon en pharmacie, se rattrapa Barthélemy. C'est un truc pour devenir super-fort. C'est ce que boivent les coureurs pour tricher au Tour de France.

Venise eut un peu de mal à imaginer Siméon escaladant le mont Ventoux, mais elle sourit quand même. Morgane gardait la tête baissée.

— Moi, dit-elle en relevant la tête, je suis la moitié de Siméon.

Elle montra sa main gauche ouverte en faisant cette drôle de déclaration.

— Je veux le voir, ajouta-t-elle.

On lui avait caché sa mère morte. Elle voulait voir Siméon vivant.

— Tu le verras, promit Bart. Je vais demander au docteur Joffrey.

Joffrey l'effrayait moins que le professeur Mauvoisin. Mais il n'était pas du tout évident que le médecin accepterait. L'accès au service des jeunes leucémiques était interdit aux enfants, en raison des risques de contagion.

À 19 heures, tout aussi militairement, la nouvelle conquête de Bart se présenta à la porte. C'était un très grand blond, au maintien raide et qui gardait au visage les cicatrices d'une acné virulente.

— Hello, Jack ! le salua Barthélemy. C'est Jack, les filles. C'est un copain.

— *God bless you !* fit le garçon, le visage barré d'un sourire. *My name is Mike.*

— Il s'appelle plutôt Mike, signala Morgane, qui avait des notions d'anglais.

— *Yes*, Mike, approuva le jeune homme. Je pas beaucoup le parle français.

— On avait remarqué, dit Bart.

Le garçon avait une espèce de sacoche en cuir fatigué. Il en sortit des dépliants aux couleurs criardes tout en disant :

— Dieu il aime to le monde.

— Il n'est pas difficile, fit Bart en songeant à lui-même. Mais qu'est-ce qu'il fout ?

Mike était en train de distribuer ses tracts à toute la tablée. Aimée en parcourut un du regard.

— C'est un mormon, Bart. Il vient vous convertir.

— Oh, boy ! Il faut lui dire que c'est déjà fait.

Il se tapa sur le cœur avec conviction.

— *I am mormon*, mon vieux. Ne te fatigue pas.

— To le monde est frère, commença Mike, en regardant les deux sœurs. Dieu aime to le monde.

— D'accord, fit Bart. Et toi, tu aimes la tapenade ?

— *Do you like the tapenade ?* traduisit Morgane.

Chapitre 10
Ce que donner veut dire

Siméon n'était pas un élève très populaire dans sa classe de terminale. Là comme ailleurs, sa précocité dérangeait. Mais depuis que le malheur s'acharnait sur lui, ses camarades avaient fait cause commune pour l'aider à poursuivre ses études à l'hôpital. Bart faisait donc la navette entre Sainte-Clotilde et Saint-Antoine avec la nette conscience de mériter son paradis. Il apportait aux professeurs les devoirs que Siméon rédigeait dans son lit et il remportait les photocopies et les notes de cours rassemblées par les élèves. Ce jour-là, le proviseur, monsieur Philippe, vint en personne remettre à Barthélemy les devoirs corrigés de son frère.

Le jeune homme était désormais un habitué des couloirs de Saint-Antoine. Quand il arrivait dans le service de Mauvoisin, infirmiers et aides-soignantes le saluaient d'un : « Ça va, Bart ? » rigolard. Sa démarche chaloupée et ses manières fantasques avaient d'abord fait rire dans son dos. Mais comme Bart assumait ce qu'il était, finalement, tout le monde riait avec lui.

Dans la chambre 117, Siméon attendait son grand frère. Il l'attendait la nuit, quand la petite veilleuse tenait compagnie à sa douleur. Il l'attendait le matin, quand la nausée le tenait couché sur le flanc. Il l'attendait à midi, quand le plateau-repas lui donnait des haut-le-cœur. Bart arrivait à 14 heures. L'après-midi, Siméon avait le courage de lire et de travailler tandis que Bart zappait la télé.

— Je te rapporte tes devoirs, dit Bart en entrant. Mauvaise nouvelle. Tu n'as que 17 en philo. En maths et en physique, c'est un peu mieux. Tu as 20.

Il était tellement fier de son cadet qu'il mit les devoirs sur la table de chevet pour que tout le personnel soignant puisse admirer.

— Tu sais quoi ? commença Bart en s'asseyant. Je me suis fait un petit copain américain. Il est mormon. Je pense qu'on va se marier et faire plein de petits mormons. C'est leur but sur terre : se multiplier. Une qui se multiplie aussi, c'est ma voisine du dessus.

Barthélemy était la seule personne au monde à ne tenir aucun compte de l'état de Siméon et à lui raconter des idioties pendant une heure d'affilée. C'était un peu saoulant et très réconfortant.

— Parle-moi de mes petites sœurs, réclama Siméon.

— Ah oui ! Là, j'ai un problème, reconnut Bart. Je leur ai promis qu'elles viendraient te voir.

— Strictement interdit, dit Siméon à regret.

Bart fit une petite moue. Les interdits, ça le connaissait.

— Je vais voir avec Joffrey.

Dès qu'il en eut l'occasion, Bart attrapa Joffrey par le col de sa blouse. Le jeune médecin s'efforçait de trouver Barthélemy cocasse, mais il était en fait très gêné.

— Non, non, se défendit-il. Si les petites ont cinq et huit ans, c'est impossible.

– Allez, sois mignon, le supplia Bart en lui aplatissant le col de sa blouse. Juste cinq minutes. Elles veulent VOIR Siméon. Rien que le voir. On fera ça en cachette de Mauvoisin. Maria veut bien surveiller le couloir. Si Mauvoisin se pointe, elle sifflera «Frère Jacques». Elle m'a montré. Elle siffle hyper-bien. J'aurais préféré qu'elle siffle «Mon père m'a donné un mari», mais elle ne connaît pas.

Joffrey repoussait Bart, faisait : «Non, non», complètement débordé.

– Cinq minutes. Pour cinq minutes, tu ne peux pas refuser, hein ? Le mieux, c'est à 18 heures, à la fin des visites. Merci, Joffrey.

– Non, mais je…

– Je te revaudrai ça. Et surtout, si tu aimes la tapenade, tu me le dis. J'en ai plein mon congélo.

Avant de quitter l'hôpital, Bart passa la tête par la porte de la 117.

– C'est réglé, lança-t-il à son frère.

Les fillettes arrivèrent tout excitées à l'hôpital Saint-Antoine. C'était comme une invitation à un goûter d'anniversaire. Venise s'était habillée en rose Barbie. Elle avait fait un dessin avec trois cœurs pour Siméon. Morgane avait acheté des fraises Tagada que son frère aimait beaucoup. Bart leur avait expliqué qu'il y avait un médecin, le professeur Mauvoisin, qui faisait de l'allergie aux petites filles et qu'il fallait se cacher de lui. Tous les trois pas, quand elles voyaient un homme en blouse blanche, elles disaient en gloussant :

– C'est lui ? C'est lui ?

En réalité, Bart n'en menait pas large car il avait une

authentique trouille du professeur Mauvoisin. Il lui semblait, bizarrement, que le destin des Morlevent était entre les mains de cet homme. Sans doute parce que c'était lui qui soignait Siméon.

Dans le couloir, Maria, l'aide-soignante, et Évelyne, l'infirmière, attendaient les petites.

— Oh, quelle belle mignonne! s'extasia Maria en apercevant Venise. C'est tout votre portrait, Bart.

— Eh oui, une belle mignonne, répondit Bart avec entrain. Bon, vous restez là, Maria. Évelyne, à l'autre bout du couloir. Vous ne savez pas siffler «Mon père m'a donné un mari», Évelyne? Non? Ça ne fait rien. Venez, les filles!

Il poussa les petites vers la chambre 117 et, le cœur un peu battant, il se dépêcha d'entrer avec elles. Venise et Morgane avaient l'intention de se jeter au cou de leur frère mais, plus encore que l'injonction de Bart: «Pas de bisous», la vue de Siméon dans son lit coupa net leur élan.

— Pourquoi tu es attaché? s'écria Venise, scandalisée.

Siméon regarda Bart.

— Mais... tu ne leur as pas expliqué?

— Quoi donc? s'étonna le garçon.

Bart n'avait pas supposé que la vision de leur frère exsangue et sous perfusion allait effrayer les petites filles. Siméon maîtrisa rapidement la situation.

— Ce sont les médicaments qui passent dans ce tuyau. Ils vont directement dans mon sang parce que mon sang est malade.

— Ça le nettoie? suggéra Morgane.

— Voilà, sourit Siméon. Mais le nettoyage, c'est toujours fatigant.

— Alors tu restes couché, conclut Venise.

Malgré tout, elles étaient impressionnées. L'odeur de la chambre, l'extrême maigreur de leur frère, une tristesse planant au-dessus d'elles... Bart était resté en sentinelle près de la porte entrebâillée.

— Tu ne t'assois pas? demanda son frère, inquiet à l'idée que Bart voulait déjà s'esquiver.

— Non. Non. Je dois entendre si Maria siffle «Frère Jacques».

Siméon dévisagea Bart, hésitant à comprendre.

— C'est un code à cause de ton voisin qui est allergique aux petites filles, lui expliqua Venise. Maria ne connaît pas «Mon père m'a donné un mari». Mais moi, je le connais. Je pourrais lui apprendre, Bart?

— Une autre fois.

Siméon devenait expert dans l'art de déchiffrer son frère aîné.

— Tu m'as menti? Tu n'avais pas la permission d'amener les petites?

— Pas tout à fait. Mais elles sont là, Siméon. On n'a que quelques minutes. Les filles, avez-vous quelque chose d'important à dire à Siméon?

— Je t'aime avec trois cœurs! s'écria Venise.

Elle tendit un dessin de Zorro à son frère. Siméon ferma les yeux. Ça fait presque mal d'être aimé.

— Siméon, dit une petite voix très malheureuse, j'ai eu un zéro.

— Mais non, Morgane, protesta Bart, on ne va pas revenir là-dessus!

— Si, si, s'obstina Morgane. J'ai eu un zéro.

— Dans quelle matière? demanda Siméon.

— En château fort, répondit Morgane.

— C'est une matière très difficile, la consola Barthélemy. J'avais souvent zéro en château fort.

Mais la petite attendait le verdict de Siméon.

— Tu dois être la première partout, lui rappela son frère.

— Oui, dit Morgane, le regard soudé à celui de Siméon.

— Jamais une note en dessous de 9. Compris?

— Compris.

On eût dit qu'un énorme poids lui était enlevé. Ce n'était pas le cas pour Bart, qui croyait sans arrêt entendre les premières mesures de «Frère Jacques». Plus les minutes s'écoulaient, plus il éprouvait une peur disproportionnée.

— Bon, les filles, on s'en va!

— Déjà! s'écrièrent les petites Morlevent.

Avec l'emportement des cœurs qui se contiennent trop souvent, Morgane s'agenouilla et embrassa la main droite de Siméon. Cette autre moitié d'elle-même. Mais cette fois-ci, Bart entendit très distinctement le début de «Frère Jacques». Le professeur Mauvoisin faisait parfois une dernière tournée dans les chambres de ses malades avant la venue de la nuit. Malheureusement, Bart n'aurait su dire si le sifflement était parti de droite ou de gauche et de quel côté il fallait s'échapper. Il entrouvrit un peu plus la porte. Oh, boy! Le professeur Mauvoisin arrivait. Il avait l'air fatigué et mécontent. Il mit la main sur la poignée de la porte d'en face comme s'il allait entrer en 118. Puis il changea d'avis, traversa le couloir et entra dans la 117. Bart s'était reculé et les deux petites s'étaient collées à lui. Venise avait même enfoui son visage dans la veste de son frère avec le sûr instinct d'une autruche.

– C'est quoi, tout ça? demanda le professeur, à peine étonné.

– Mes petites sœurs, répondit Siméon, prêt à tout prendre sur lui.

– Ça n'est pas raisonnable, déplora Nicolas.

Il était si préoccupé qu'il en oubliait de se mettre en colère. Distraitement, il jeta un regard sur Morgane. Ce visage sans grâce où brûlaient deux yeux noirs d'intelligence lui tira un sourire. Il écarta doucement l'autre petite fille de Barthélemy et l'examina aussi. Il retint un soupir de pitié. Pauvre gosse toute menue, toute jolie.

– Allez, dehors, tout le monde, dit-il gentiment.

Bart ne se fit pas prier. Mauvoisin lui en imposait de plus en plus. C'était comme l'image d'un père austère, vaguement menaçant, auquel il fallait plaire et surtout obéir. Comme il s'éloignait par le couloir, Bart entendit une voix grave qui le rappelait:

– Barthélemy!

Mauvoisin referma la porte de la 117 et marcha vers Bart.

– Je dois vous parler. Sans les petites. Confiez-les à Maria et venez me voir dans mon bureau.

C'était sans discussion possible. Bart obtempéra.

Une nouvelle fois, il se retrouva dans le luxueux cabinet du professeur. Les fleurs avaient été changées, mais c'est du même geste que Mauvoisin écarta le bouquet.

– Je me fais beaucoup de souci pour Siméon, commença-t-il sans détour. Il est sous traitement depuis trois semaines et nous n'avons pas d'amélioration. Nous avons décidé, Joffrey et moi, de modifier le traitement.

— Ah oui ? fit Bart, dont le cœur grelottait d'angoisse.

— Oui. Le problème, c'est que Siméon présente un déficit inquiétant en plaquettes sanguines et que nous courons un risque hémorragique majeur, poursuivit Mauvoisin dans ce jargon qui déshumanise la douleur. Nous ne pouvons rien entreprendre dans ces conditions.

— Ah non ?

— Non.

Mauvoisin prit ses lunettes et, comme la première fois, parut jauger Bart. Il eut l'air franchement contrarié.

— Vous changez souvent de partenaire, j'imagine ?

— De partenaire ? répéta Bart, se demandant s'il rêvait.

— Vous comprenez le sens de ma question ?

— Oui, oui. Non, non. Oui, je comprends. Non, je ne change pas souvent de… pas trop souvent…

Bart quêtait une espèce d'approbation du côté de Mauvoisin. Le médecin eut un rictus involontaire qui trahissait plutôt l'exaspération.

— Cette boucle d'oreille, ça fait combien de temps que vous la portez ? Moins de six mois ?

— Oh, c'est une connerie de gamin. J'avais seize ans.

— Je ne vous demande pas de vous justifier, répondit Mauvoisin, qui commençait à s'amuser. Vous n'avez jamais eu de maladie sexuellement transmissible ? Pas d'hépatite ? Vous faites régulièrement des tests de dépistage du sida ? Vous ne vous droguez pas ?

Bart, ahuri, faisait oui ou non de la tête. Mentalement, Mauvoisin cochait des petites cases dans son questionnaire.

– Pas de tatouage récent ? Non ? Un voyage aux tropiques ? Non ? Vous avez des problèmes de cœur ?

– Oh, des tonnes ! s'écria Bart.

– Je parle de problèmes cardiaques...

– Ah non, je n'en suis pas rendu à ce stade, rectifia Barthélemy.

– Vous comprenez pourquoi je vous pose ces questions ?

– Parce qu'il y a quelque chose à comprendre ?

– Je vous demande tout cela parce que Siméon a besoin d'une transfusion de plaquettes. Donc, nous avons besoin d'un donneur de plaquettes. Un donneur sain.

– Ah oui ?

– Oui.

Dès qu'une conversation prenait un tour trop sérieux, le cerveau de Bart grippait. Un peu comme s'il décidait de ne rien comprendre. Sans se douter de cette particularité du jeune homme, le professeur Mauvoisin devint carrément pédagogique.

– Pour éviter certaines immunisations, nous devons choisir ce donneur en fonction de sa compatibilité avec le receveur. Si je fais appel au fichier national des donneurs de plaquettes, j'ai une chance sur soixante mille de trouver ce donneur et, s'il existe, il ne sera pas forcément disponible. On augmente les chances de trouver un donneur compatible si on s'adresse à la parenté. Vous comprenez pourquoi je m'adresse à vous en priorité ?

– Oui, oui, marmonna Bart, totalement égaré.

– Si vous êtes compatible avec Siméon, vous acceptez, je pense, d'être ce donneur ?

Barthélemy fit un geste qui pouvait être interprété comme : « Pas de problème. »

— Parfait. Je vous remercie, conclut Mauvoisin en se levant. Je vais vous confier à Évelyne pour la prise de sang.

— La quoi ?

Mais Nicolas était déjà sorti et cherchait l'infirmière.

En vingt-quatre heures, tous les tests de contrôle furent effectués sur le sang de Bart qui semblait n'avoir jamais été infecté ni par l'herpès, ni par l'hépatite, ni par le sida. En outre, et comme un signe du destin, il était parfaitement compatible avec le sang de Siméon. Les mains dans les poches de sa blouse ouverte, le professeur Mauvoisin fonça voir Joffrey.

— On va pouvoir remonter Siméon ! lui lança-t-il.

— Il y a quand même un petit problème, le tempéra Joffrey, pourtant optimiste de nature. C'est que « Bart » a perdu connaissance au moment de la prise de sang. À ce qu'il paraît, il ne supporte pas la vue du sang.

Joffrey ne pouvait cacher son mépris lorsqu'il parlait de Barthélemy.

Mauvoisin s'assombrit.

— Ce serait trop bête, murmura-t-il. Il vient à 14 heures ?

— Le pédé ? Oui.

Nicolas faillit dire quelque chose et se contenta d'avaler une grande bouffée d'air.

À 14 heures, Bart se faufila jusqu'à la chambre 117, peu désireux de retomber sur Mauvoisin. Les autres jours, Siméon l'attendait, calé par des oreillers. Là, il était couché et dormait, les yeux mi-clos. Son visage émacié évoquait un masque mortuaire. Bart fit un mouvement vers la porte, effrayé.

– Ah, vous êtes là !

Mauvoisin venait d'entrer derrière lui.

– Je vais vous accompagner au centre de transfusion. C'est tout à côté.

Bart commençait à balbutier : « Non, non, je ne peux pas. » Mais le professeur l'empoigna et le plaça au pied du lit.

– Regardez votre frère, dit-il.

Il relâcha Bart dans une bourrade.

– Alors ? Vous ne pouvez pas ?

Mauvoisin savait qu'il outrepassait son rôle. Mais comme disait le dépliant de l'Agence française du sang : « Le don de plaquettes s'adresse à des donneurs particulièrement motivés. »

Barthélemy se laissa conduire par Mauvoisin. Lui qui se moquait de l'opinion des autres, il ne voulait pas passer pour un monstre aux yeux du professeur.

– Mais je m'évanouis, le prévint-il. Ça, je n'y peux rien du tout.

– Je vous ranimerai, lui répliqua Mauvoisin, le ton indifférent.

Ils entrèrent dans une salle où deux donneurs étaient déjà installés dans des fauteuils, les bras abandonnés sur des accoudoirs. Bart, opérant un mouvement de recul, se cogna dans Mauvoisin.

– Attention, je suis là, lui dit gentiment Nicolas.

Il lui posa la main sur l'épaule et le conduisit vers un des fauteuils avec repose-pieds.

— Je l'installe, dit-il à l'infirmière qui s'avançait vers Bart en souriant.

Les oreilles de Bart bourdonnaient déjà. Un voile commençait à lui obscurcir la vue. Il allait s'évanouir avant même d'avoir été piqué. Dans une demi-conscience, il s'allongea dans le fauteuil, la tête et le buste en surélévation. Mauvoisin l'avait aidé à ôter sa veste. Il lui remonta les deux manches au-dessus du coude sans lui préciser que les deux bras allaient être piqués.

— Ça va ? dit-il, en enfonçant la première grosse aiguille d'un geste souple du poignet.

Un geignement lui répondit. Immédiatement, le sang se mit à couler, rouge sombre, dans le tuyau.

Nicolas releva les yeux, vit le jeune homme que tout son service appelait « Bart » en riant et qui, pour le moment, ne riait pas du tout. Une férocité involontaire s'empara du médecin et, en enfonçant la deuxième aiguille, il lança gaiement :

— Et c'est parti pour deux heures !

Une secousse parcourut Barthélemy comme si son fauteuil venait d'être électrifié.

— Ne vous affolez pas, se repentit Nicolas. On ne va pas vous pomper du sang pendant tout ce temps. Grâce au séparateur de cellules, on va vous prélever uniquement des plaquettes sanguines et vous restituer les autres composants de votre sang. Vous voyez, ça sort par ce tuyau, ça rentre par l'autre et, au passage, on vous prend les plaquettes pour Siméon.

— C'est dégueulasse, râla Bart.

— Je vous enlève le garrot. Ça coule tout seul maintenant. Vous voulez de la musique ? Je peux vous prêter mon Walkman. Je vous mets une couverture, hein ?

Les deux bras immobilisés, happé par le ronron de la machine centrifugeuse, Bart sentit monter en lui la panique. Rassemblant ce qui lui restait d'énergie, il voulut s'arracher au fauteuil.

– Hep, hep, ne bougez pas, ordonna Nicolas, en le saisissant aux épaules.

Bart lui jeta un regard suppliant.

– Ça va très bien se passer, le tranquillisa Mauvoisin. Ce type de prélèvement est beaucoup moins fatigant qu'un don de sang total. Prenez cette petite balle dans la main droite. Voilà. Si la machine sonne, vous pressez la balle dans votre poing. OK ? C'est pour accélérer le débit...

– Il est bien pâle, remarqua l'infirmière dans le dos de Nicolas.

– Émotif, commenta Mauvoisin en donnant quelques tapes sur les joues du jeune homme. Mais il va tenir bon. Il fait ça pour son frère.

– Ah, c'est très bien, admira l'infirmière.

Et comme Mauvoisin le dominait de toute sa taille et de toute son autorité, Bart dut jouer le rôle du frère héroïque à son corps défendant.

Chapitre 11
Où l'on cherche une solution

— Ce n'était pas la bonne solution, c'est tout, dit Mauvoisin, la voix brève.

Il était dans son bureau avec Joffrey et il faisait le point sur Siméon. D'un commun accord, ils n'avaient pas fait le choix d'un traitement d'attaque trop lourd. D'une part en raison de l'état général de Siméon qui ne leur paraissait pas bon, d'autre part parce que le pronostic concernant la leucémie n'était pas des plus inquiétants. Mauvoisin et Joffrey avaient donc fait le pari qu'ils obtiendraient une rémission en quelques semaines sans trop entamer les forces de Siméon, puis qu'ils consolideraient la guérison avec un traitement d'entretien. Mais rien ne s'était passé comme prévu. Les cellules leucémiques avaient résisté aux assauts de la chimiothérapie. En revanche, les plaquettes avaient été détruites en grand nombre. C'était l'échec.

— Il est mieux qu'il y a deux jours, remarqua Joffrey.

La transfusion lui avait été bénéfique et le fait que Bart ait été le donneur lui avait insufflé un regain d'énergie. Mauvoisin avait remarqué l'attachement profond du cadet pour l'aîné des Morlevent. Il avait donc espéré qu'un geste, même contraint, de Bart envers Siméon aurait un effet sur le moral du cadet. Comme les deux médecins en étaient à lister leurs erreurs, Joffrey remarqua :

– C'était risqué de faire appel à un homo.

On avait bien sûr pratiqué les analyses habituelles sur le sang de Barthélemy. Mais comme il existe un délai entre le moment où une personne est infectée par le sida ou l'hépatite et le moment où la maladie est décelable par les tests, on ne pouvait être sûr à cent pour cent de la fiabilité des résultats.

– On a travaillé dans l'urgence, répliqua Mauvoisin. Mais il était mécontent. Mécontent ou malheureux.

– Et « homo » ne veut pas dire « inconscient » ! ajouta-t-il avec un certain emportement.

Joffrey haussa les sourcils, peu habitué à ce ton d'irritation.

– Non, c'est sûr, bredouilla-t-il.

Puis il exposa le nouveau protocole qu'il envisageait pour Siméon. Cette fois-ci, selon son expression, on sortirait le lance-flammes. Toute la question était de savoir qui, de la leucémie ou de Siméon, s'effondrerait en premier. Après son exposé, Joffrey attendit l'aval de son patron.

Jamais Mauvoisin n'avait été autant tourmenté. Il savait que son attachement à certains jeunes malades pouvait lui ôter une partie de sa lucidité. Il avait peur de les voir trop souffrir. Jusqu'à présent, Siméon avait tenu bon. Il avait pu poursuivre ses études et garder le cap sur son objectif. Passer à la vitesse supérieure dans le traitement, c'était sans doute anéantir ce Siméon lumineusement intelligent, en faire un corps souffrant au fond d'un lit. Mauvoisin frissonna.

— Vas-y, lâcha-t-il.

Quand Joffrey fut ressorti, Nicolas se laissa aller au fond de son fauteuil. Il avait envie de penser aux Morlevent, à cette fratrie exceptionnelle et exceptionnellement frappée par le destin. Siméon. Il fallait qu'il passe son bac. C'était devenu important pour Mauvoisin. Il fallait l'amener jusqu'à cette victoire. Après? Après… Nicolas savait qu'il y a des victoires sans lendemain. Puis il revit les deux petites filles serrées contre Barthélemy et il sentit comme une envie de les protéger. Morgane, huit ans, CM1. Siméon lui avait parlé de cette petite cadette qui s'attachait à mettre ses pas dans les siens. Venise, cinq ans, des yeux pervenche. On se retournait sur elle dans la rue. Sur Barthélemy aussi… Arrivé à Bart, Mauvoisin déplaça le bouquet et passa à autre chose.

Bart allait bien. Il ne lui avait fallu que quarante-huit heures pour récupérer de la transfusion. Mais il en cauchemardait encore. Pourtant, il n'en voulait pas au professeur Mauvoisin. Si cela pouvait être utile à Siméon, il était même content d'avoir été contraint. Bart allait d'autant mieux, ce jour-là, qu'il attendait pour le soir même sa nouvelle conquête.

— C'est fini, le mormon? s'informa Aimée, que la vie sentimentale de Bart intriguait au plus haut point.

— Je n'ai pas réussi à le convertir, répondit Bart. Mais j'ai trouvé mieux. J'ai le ticket avec le Japonais qui a inventé le Tamagotchi.

— Vous en êtes sûr? se méfia Aimée. Vous savez parler japonais?

— Non, mais je parle tamagotchi, ça aide. Aimée,

observa Bart, pensif, ça n'est pas une conversation pour une femme mariée.

Il regarda affectueusement sa voisine du dessus.

— Qu'est-ce que vous avez fait de votre bébé ? lui demanda-t-il, en baissant la voix.

— Mais… je l'ai gardé ! Oh, je sais, ça ne se voit pas. J'évite de trop manger.

— Vous allez faire la grève de la faim pendant sept mois ?

La jeune femme baissa le nez. Si elle avouait, *il* la frapperait. Si elle n'avouait pas, *il* la tuerait. Si elle fuyait, *il* la retrouverait.

— Je n'ai pas de solution.

— Quatre comprimés ? suggéra Bart.

— Chut.

Deux jours après cette conversation, Bart allait nettement moins bien et l'inventeur du Tamagotchi n'y était pour rien. C'était Siméon. On avait commencé le nouveau traitement. Quand Bart revenait de l'hôpital, il avait dans l'oreille les supplications de son cadet. Je ne peux pas, Bart. Je ne supporte plus. J'ai mal. Dis-leur d'arrêter. Je veux mourir. Je brûle. C'est du feu. Bart, ils me détruisent. Regarde mes cheveux, ils tombent. Je deviens un monstre. Pitié, Bart, dis-leur. Bart rentrait chez lui, il s'effondrait sur son lit, se pressait les mains sur les oreilles. Il entendait toujours les cris. Pitié, Bart…

— Pitié ! Non, non !

Bart se redressa. C'était Aimée. À l'étage du dessus, c'était la crise du mercredi. *Il* avait dû deviner pour le bébé. *Il* allait la frapper au ventre. Bart en était sûr. Il quitta son lit, sa chambre. Au-dessus de lui, il y avait un bruit de cavalcade. Elle essayait de lui échapper en courant autour de la table, dans la salle à manger. On entendait des bruits divers de métal heurté ou de verre brisé. *Il lui jetait à la tête tout ce qui se trouvait sur la table mise.*

— Ce n'est pas possible, murmura Bart.

Il ne pouvait plus se barricader dans son humour cynique et égoïste. C'était comme si les projectiles l'atteignaient, lui aussi. Le malheur des autres s'engouffrait dans son cœur par la brèche que les petits Morlevent y avait faite. *Il allait l'attraper par les cheveux, la renverser à terre, tuer le bébé.*

— Pitié ! à l'aide !

Elle n'avait jamais crié si fort. D'habitude, la honte lui faisait étouffer ses supplications.

— Bart ! Bart !

Est-ce qu'il rêvait ? Non, Aimée l'appelait. Il ouvrit sa boîte à outils, une boîte flambant neuve dont il ne se servait jamais. Il prit un énorme tournevis et il monta à l'étage du dessus. D'abord, il sonna. Avec insistance. Mais sans résultat. Alors il donna des bourrades dans la porte en s'y jetant de côté. Bart n'avait d'efféminé que les manières. En réalité, il était sportif et costaud. Il s'arcbouta contre la rampe d'escalier et, des deux pieds, il donna une ruade dans la porte. Il allait prendre le tournevis et s'en servir comme d'un pied-de-biche lorsqu'il entendit claquer le verrou de l'autre côté. *Il ouvrait.* Bart ne *l'*avait jamais vu de près. C'était un quadragénaire un peu bedonnant. Seuls ses yeux exorbités par la rage le faisaient sortir de l'ordinaire. Son teint de colérique, habituellement couperosé, avait viré au lie-de-vin.

— Attention, Bart ! cria une voix, au fond de la pièce. Il est armé !

L'homme se retourna vers Aimée.

— C'est ton amant, c'est ça, hein ? hurla-t-il.

Il fit un pas vers elle et là, Bart vit ce qui pendait au bout de son bras. Un énorme couteau de cuisine, peut-être même était-ce un ustensile de boucherie ? Bart entra, profitant de ce que l'homme hésitait entre deux proies. Mais il fit tout de suite volte-face et menaça Bart de son coutelas.

— Toi d'abord, dit-il. Et elle, je lui crève le ventre après.

Il était persuadé d'avoir été cocufié. Sa démence para-noïaque n'en était que renforcée. Bart saisit une chaise et la mit devant lui en bouclier. L'homme projeta son bras armé en direction de Barthélemy. Une fois. Deux fois. Le jeune homme parait les coups, mais il était dans une position défensive dont il ne voyait pas comment sortir. Aimée, qui avait déjà été blessée, restait collée au mur, une main sur le ventre, tétanisée. L'homme attrapa une autre chaise et la jeta contre le bouclier improvisé de Bart. De surprise, Bart lâcha la chaise qui le protégeait. L'homme en eut un rire sauvage. Il ne restait plus qu'une ressource à Bart, qui ne savait guère se battre : le tournevis. Il l'envoya dans le visage de son adversaire, avec toute la violence qu'il éprouvait à cet instant. L'homme chancela. Bart en profita. Avec une rare présence d'esprit, il se saisit de la soupière sur la table et s'apprêta à l'envoyer à la tête de celui qui avait si souvent fait subir ce genre de traitement à Aimée. L'homme baissa curieusement sa garde et porta les mains à sa poitrine. Ses yeux étaient plus exorbités que jamais. Il suffoquait. Il prit la soupière en pleine face et s'effondra.

– Oh, boy! s'exclama Bart en s'agrippant à la dernière chaise intacte.

L'homme gisait au milieu des débris du combat. Le sang coulait de son front et se mêlait à la soupe encore chaude. Titubant, Bart s'approcha de lui, repoussa du pied le coutelas qu'il avait lâché. Puis, avec répugnance, il s'accroupit. L'homme ne bougeait plus, la bouche et les yeux ouverts.

– Il est assommé, balbutia Bart comme pour s'en persuader.

Du bout des doigts, il pinça la manche de l'homme, souleva le bras, le laissa retomber, tout flasque.

– Appelez le Samu, dit-il à Aimée.

La jeune femme se décolla du mur craintivement, les deux mains sur le ventre. Elle évita de regarder son mari à terre et, s'appuyant tantôt au mobilier, tantôt au mur, elle se traîna jusqu'au téléphone. Bart l'avait volontairement éloignée. Lui-même abandonna le corps de l'homme. Il prit les deux assiettes de soupe sur la table et, ignorant si Aimée avait suivi sa recette au Temesta, il les passa toutes les deux sous l'eau.

Quand le Samu arriva, le médecin ne put que constater le décès de l'homme.

– Je lui ai lancé une pleine soupière à la figure, s'accusa Bart précipitamment.

Il savait pourtant que le cœur de l'homme avait lâché avant le heurt. Le médecin du Samu se contenta de grommeler :

– Ça doit pas faire du bien.

Puis il examina Aimée que Bart avait couchée en chien de fusil.

— Elle est enceinte, dit Bart sans savoir s'il fallait parler au présent ou au passé.

Le médecin hocha la tête, peu encourageant.

— On va l'hospitaliser.

Deux infirmiers aidèrent Aimée à se relever et la firent descendre jusqu'à l'ambulance. Au moment de quitter la pièce, le médecin regarda le champ de bataille puis le drôle de jeune homme qui semblait avoir joué les Rambo.

— Il faudrait prévenir la police, dit-il en montrant le corps.

— Pas de problème, fit Bart en prenant un air décontracté peu en rapport avec la situation.

Barthélemy fut interrogé. Son récit correspondit en tous points à celui que fit Aimée, sur son lit d'hôpital. Le médecin signa le permis d'inhumer et le représentant en lingerie quitta ce monde en laissant plus de soutiens-gorge que de regrets.

Bart remonta dans l'appartement de sa voisine pour y remettre un peu d'ordre. Il jeta les chaises cassées, ramassa sous les meubles des débris de verres et de soupière. Il eut même la malchance de se couper à l'un des morceaux.

— Ah, c'est dégueulasse, se fâcha-t-il en voyant gicler le sang.

Il alla dans la salle de bains, ouvrit la pharmacie, prit les pansements et, au passage, accrocha une petite boîte de médicaments qui tomba dans l'évier. C'était le Temesta qu'il avait offert à Aimée. Un frisson lui parcourut l'échine. Il prit la boîte et eut un mouvement de surprise en sortant les trois plaquettes de médicaments. Il ne manquait aucun comprimé.

— Aimée, Aimée, murmura-t-il, soulagé.

La vie desserrait son étau. Pas beaucoup. Un petit peu. À l'hôpital, Siméon allait mieux. Cet après-midi-là, il avait pu s'asseoir, calé par des oreillers, et boire la moitié d'une canette de concentré vitaminé. Le soleil de mars entrait par la fenêtre. Bart avait apporté des fleurs, plein de dessins de Venise et le dernier carnet de Morgane. Il n'y avait que des 10 et un 9. La maîtresse, informée par Bart du décès de la maman, avait fait grâce à Morgane du zéro en château fort.

— Donc, ta sœur est toujours première devant Lexane, dit Bart. Hein ? Quel soulagement pour la famille !

Bart parlait. D'Aimée, qui n'avait pas perdu le bébé. Du Japonais, qui était vietnamien et qui travaillait dans le prêt-à-porter comme ses dix-sept cousins. Siméon écoutait, avide et un peu saoulé. De temps en temps, il relâchait tout et poussait un long geignement, presque de bien-être.

— Ils ont peut-être trouvé le bon traitement ? suggéra Bart timidement.

Il ne parlait guère de sa maladie à Siméon. Il avait trop peur de montrer son peu d'espoir. D'ailleurs, il osait à peine regarder Siméon. Il repensait à ce qu'avait prédit Léo : les camps de concentration. Et c'était ça. Ce crâne chauve, ce cou de poulet, cette peau jaune collée aux os, ces épaules de petit vieux. Et dans ce désert, deux yeux de plus en plus grands où l'intelligence ne voulait pas mourir.

— Il va falloir que je rattrape les cours, dit Siméon. Je vais m'y remettre demain.

Demain, mais pas aujourd'hui. Cet aujourd'hui fragile où l'on est presque bien. Dans le long couloir des maladies, il y a par-ci par-là une fenêtre. Les deux frères s'y accoudaient, profitant du ciel et de l'instant.

— Toc, toc, pardon, pardon, je dérange ! fit l'infirmière en entrant.

Sa gaieté professionnelle fit grimacer les deux garçons.

— Je viens te chercher pour la ponction, Siméon.

— Oh non, fit-il, découragé.

— Mais c'était prévu pour 15 heures, lui rappela Évelyne. C'est une ponction de routine.

— On voit que vous êtes du bon côté de l'aiguille ! lui cria Barthélemy.

— Ne t'énerve pas, Bart, murmura Siméon, soudain à bout de forces.

Une idée traversa son frère aîné :

— Je vais t'accompagner.

— Je suis désolée, dit Évelyne. Ce n'est pas possible.

— Mais si. Je vais demander à Joffrey. Tu veux, Siméon ?

En face de Bart et s'accrochant à lui par le regard, ce n'était plus un adolescent de quatorze ans, c'était un enfant qui n'en pouvait plus de souffrir. Siméon n'eut pas besoin de répondre. Bart sortit à la recherche de Joffrey. Il l'intercepta dans un couloir.

— Joffrey, sois mignon...

Il l'attrapa par le col de sa blouse.

— Quoi encore ? s'irrita le jeune médecin.

— Je veux tenir compagnie à Siméon pendant la ponction. Il en a marre, tu comprends ? Ça va l'aider si je suis là.

Joffrey fit « non » de la tête et écarta brutalement les mains de Bart. Il avait l'impression que ce type se foutait de lui.

– Allez, ne fais pas le méchant, supplia Bart, un peu douché.

– Qu'est-ce qu'il y a ? fit une voix au détour du couloir.

Le professeur Mauvoisin s'approcha des jeunes gens.

– Non, non, rien, s'écrasa Barthélemy.

Nicolas interrogea son subordonné du regard.

– Il voulait accompagner son frère à la ponction, dit Joffrey en désignant Bart d'un signe de tête.

– Oui ? Et quel est le problème ? fit Mauvoisin.

Joffrey comprit qu'il n'avait plus qu'à quitter le terrain. Bart avait tous les droits dans le service.

– Eh bien, OK, dit-il, vexé. Bart peut aussi faire la ponction tant qu'on y est !

Barthélemy resta donc avec son frère, plaisanta avec lui pendant les préparatifs puis posa la main sur son crâne nu pendant qu'on lui enfonçait l'aiguille dans l'os. Siméon ne cria pas. Bart ne tomba pas dans les pommes. Ce fut comme une victoire remportée à deux.

Le lendemain, d'un pas plus léger que d'habitude, Bart se rendit à l'hôpital Saint-Antoine. Il était passé prendre les dernières notes de cours au lycée, les derniers polycopiés. Il avait dit : « Ouais, ça va mieux », au proviseur. À présent, il se dépêchait de rejoindre la chambre 117. Il entra. Siméon vomissait, soutenu par Maria. D'ordinaire, Bart ressortait et attendait dans le couloir. Mais là, il voulut montrer à son cadet qu'il tenait le coup.

– Je savais que la bouffe des hôpitaux était dégueulasse, mais pas à ce point-là ! essaya-t-il de plaisanter.

En pure perte. De violents soubresauts agitaient le

maigre corps de Siméon. Il vomissait de la bile. Bart se détourna malgré lui.

– Ça va passer, ça va passer, répétait Maria.

– Mal, j'ai mal, geignit l'enfant.

C'était trop pour Bart. Un effondrement. Il quitta la chambre, referma la porte, appuya le front au mur. Il se mit à pleurer.

– C'est dur, je sais, fit une voix près de lui.

– Je peux pluuuus, sanglota Bart comme l'aurait fait Morgane.

– Il faut garder confiance, reprit Mauvoisin. Les dernières analyses sont encourageantes. C'est pour cela que, Joffrey et moi, on a décidé d'y aller très fort. Il faut gagner maintenant.

Bart secoua la tête. Il n'y croyait pas. Mais il venait aussi de s'apercevoir que Nicolas avait posé une main sur son épaule gauche, l'autre main sur son épaule droite. Puis tout en lui parlant, il s'était mis à le malaxer entre les omoplates.

– Ça va être encore très dur pendant quelques jours. Siméon sera à plat. Mais on le transfusera. Non, non, on fichera la paix à vos plaquettes, cette fois.

Il eut un rire grave. Bart se calmait.

– Siméon n'a plus le moral. C'est à vous de le garder. Il faut y croire. Il faut y croire. C'est la SEULE solution.

Il administra encore quelques tapes dans le dos de Barthélemy pour le réconforter.

– Voilà, dit-il, comme s'il venait de soigner le jeune homme. Allez faire un tour au jardin et revenez quand vous serez sûr de ne plus flancher.

Il hésita et se servit du diminutif que tout le monde avait adopté dans le service.

— Courage… Bart.

Le jeune homme acquiesça dans un gémissement et s'éloigna. Au bout du couloir, il s'arrêta, resta rêveur deux secondes, se retourna. Mauvoisin n'était plus là.

Chapitre 12
Où Bart voudrait que ça s'arrête

— Selon vous, il n'y a pas d'autre solution ? demanda Laurence.

Bénédicte, l'assistante sociale, était dans le bureau de la juge des tutelles. Une nouvelle fois, toutes deux s'étaient attelées au dossier Morlevent.

— Je crois que c'est la meilleure solution, dit Bénédicte. Puisque Josiane a déjà accueilli les deux sœurs.

Josiane réclamait la tutelle et la garde des petites Morlevent. Ni elle ni l'assistante sociale ne semblaient prendre en compte Siméon, comme si la mort l'avait déjà mis entre parenthèses.

— Ce n'est pas très juste, observa Laurence.

— Quoi ?

— Barthélemy demande aussi la tutelle des Morlevent. Il y a plus de droits que sa demi-sœur. Et sa conduite envers son frère est, d'après le professeur Mauvoisin, tout à fait exemplaire.

C'était assez surprenant, mais c'était comme ça.

— Ouiii, bien sûr, répondit Bénédicte sans conviction. Mais là, il s'agit des petites filles et la situation de Barthélemy…

Laurence se méprit ou fit semblant :

— Bart n'est pas très stable. Mais il a trouvé un emploi dans un café... Un mi-temps.

— Je ne parlais pas de ça, fit Bénédicte.

Les deux jeunes femmes n'avaient pas encore osé aborder le problème de Barthélemy. Ce n'était pas par pudeur, mais par prudence, car chacune ignorait les sentiments de l'autre sur le sujet.

— Vous avez peut-être remarqué que monsieur Morlevent est, hmm, homosexuel ? avança Bénédicte.

— Peut-être, oui...

Les deux jeunes femmes se mirent à rire avec espièglerie.

— Bien sûr, avec le PACS, poursuivit Bénédicte qui voulait montrer sa largeur d'esprit, on finira par admettre que les couples homosexuels ont les mêmes droits que les autres... Mais Bart, enfin, monsieur Morlevent, n'a pas l'air très fixé. C'est ce qui pose problème. D'après les petites, un jour, c'est un mormon, et le lendemain, c'est un Chinois...

— Évidemment, ce n'est pas une ambiance très...

Laurence n'acheva pas. Elle ne voulait pas porter de jugement. En même temps, elle devait chercher l'intérêt des enfants. Seuls Josiane et son mari pouvaient leur fournir un cadre familial.

— Bien, dit-elle. Je vais essayer d'obtenir de Barthélemy qu'il cède la tutelle et la garde des deux petites à Josiane. Pour Siméon, nous aviserons plus tard.

Mais les principales intéressées avaient aussi un avis. Morgane et Venise avaient deux frères et, quatre ou cinq fois par jour, elles demandaient à les voir. Pour les faire tenir tranquilles, Josiane leur avait promis qu'elles iraient chez Bart, le mercredi suivant. Elle les déposerait au bas de l'escalier vers 8 heures, avant d'aller travailler, puis les récupérerait toujours au bas de l'escalier à 19 heures, ce qui lui éviterait de rencontrer son demi-frère. Jusqu'au mardi, Josiane espéra que les petites oublieraient la promesse ou bien changeraient d'avis. Mais le mardi soir, Morgane demanda à Josiane :

— Alors, tu as prévenu Bart ?

— Je vais le faire, répondit la jeune femme, agacée. Mais vous auriez pu aller au zoo, demain ? Qu'est-ce que vous allez faire chez Bart ? Tourner en rond dans son appartement et vous abrutir de jeux vidéo ?

Morgane, le visage fermé, ne répondit rien.

— Bart ne sait pas s'occuper d'enfants, insista Josiane.

Venise, qui dessinait, leva le nez et répondit tranquillement :

— Pas grave. On se fera des câlins.

Ce qui ne fut pas précisément du goût de Josiane. Malgré tout, elle appela son frère après le dîner et lui fixa le programme d'un ton sans réplique.

— Hein ? Mais je ne peux pas les garder, l'après-midi !

— Et moi, je ne peux les reprendre qu'à 19 heures. Figure-toi que je travaille !

Bart comprit la fine allusion à la propre inutilité de son existence et, sa demi-sœur lui ayant raccroché au nez, il dit à son téléphone :

— Sympa, la fille.

Tous les après-midi, Bart continuait de se rendre à l'hôpital et il savait qu'on ne tolérerait pas une deuxième fois la présence des petites Morlevent. Il restait une solution à Bart pour caser les fillettes.

— Coucou, Aimée !

— Oh, Bart !

Elle embrassa le jeune homme sur les deux joues. Elle avait quelques ecchymoses sur le visage. Dernières traces du passage de son mari sur la Terre.

— Ça va, Bébé ? dit Bart en posant la main sur le ventre de sa voisine.

— Tout va bien. C'est si beau à l'échographie ! Vous auriez dû venir voir.

— J'attendrai que Bébé m'envoie un carton d'invitation.

Bart attrapa Aimée par son col de chemisier. Elle sourit et devina :

— Vous avez un service à me demander…

Les demoiselles Morlevent furent déposées à l'heure dite, le lendemain, au pied de l'escalier. Elles grimpèrent les marches avec la discrétion d'un troupeau d'éléphanteaux, sautèrent à tour de rôle pour appuyer sur la sonnette avec la grâce de jeunes kangourous et se jetèrent au cou de leur grand frère avec des démonstrations de chiots fous.

— Salut, la ménagerie ! les accueillit Barthélemy.

La matinée se passa très tranquillement et comme l'avait prévu Josiane. Les petites s'empiffrèrent de bonbons en jouant sur la console vidéo. Puis Bart étala ses bandes dessinées sur la moquette pour Morgane tandis que Venise sortait ses trésors de son sac à dos.

— Qu'est-ce que tu nous as apporté comme horreurs ? s'informa Barthélemy.

— Barbie, Barbie et Barbie, énuméra Venise en montrant ses poupées. Et Ken. Tu veux jouer ?

Bart s'assit en tailleur près de sa petite sœur.

— Papa aussi, il jouait avec moi, dit la fillette.

Bart grommela un petit « mmh ».

— Mon Papa, c'est le même que ton Papa, hein ?

— Ouais, fit Bart sans enthousiasme.

— C'est pour ça qu'on est pareils.

Bart crut que Venise faisait allusion à leurs yeux bleus, legs incontestable de Georges Morlevent. Mais Venise souleva ses cheveux blonds.

— Tu vois, je suis pédésexuel comme toi.

Bart fit un bond.

— Quoi ?

— Tu vois pas ? J'ai des boucs d'oreilles, moi aussi.

— Oh, boy !

Il avait eu peur. Il éclata de rire et répéta plusieurs fois : « Extra ! Extra ! » Devinant que son frère se moquait d'elle, Venise finit par l'imiter : « Extra ! Extra ! » en lui donnant des coups de poupée sur le bras. Bart fit semblant de s'effondrer sous la violence des coups. Venise se coucha sur lui et se mit à le chatouiller. Morgane bondit en renfort.

— Je lui tiens les bras ! cria-t-elle. Chatouille-le ! Chatouille-le !

— Au secours ! À l'aide ! Aimée ! appela Bart, suffoquant de rire.

Il attrapa Morgane par la jambe et la fit tomber sur Venise. La fratrie Morlevent se retrouva à terre, secouée par la même rigolade.

— Ça serait bien si Siméon serait là, fit remarquer Venise.

Morgane questionna son frère d'un regard anxieux.

— Une autre fois, dit Bart, tout bas.

— On fait le jurement ? proposa Venise.

— C'est quoi, ça ? s'inquiéta Barthélemy.

— On va t'apprendre, dit Morgane. Mets ton poing comme ça.

Bart ferma le poing. Morgane y posa le sien puis Venise termina la pile en disant :

— Les Morlevent ou la mort.

Elle ôta son poing.

— Ça te plaît ?

— Hypersex. Et ça veut dire quoi ?

— Qu'on ne peut pas nous séparer, expliqua Morgane.

Bart se demanda si la juge des tutelles serait sensible au jurement et conclut négativement. La fratrie Morlevent était séparée. Et resterait séparée. Morgane retourna à ses livres et Venise déshabilla Ken.

— Ça serait bien, dit-elle à Bart, si tu me ferais un cadeau.

— Tiens ! Et pourquoi je t'en ferais un ?

— Parce que tu m'aimes, fit la petite avec son sourire tendre et hardi.

— C'est bien des raisonnements de fille, ça, répliqua Bart, dédaigneux. Et tu veux quoi, comme cadeau ?

— Un Ken.

— Eh, mais arrête ! Je t'en ai déjà acheté un.

— Oui, mais il est tout malheureux, le plaignit Venise. Il n'a pas de mari.

Bart, interloqué, ne put même pas pousser son exclamation favorite.

— Tu sais lequel je veux de Ken? reprit Venise, l'air extasié. C'est le Prince Charmant.

Bart regarda sa sœur avec attention et finit par admettre :

— Dans le fond, c'est aussi ce que je veux.

— Mais il faut qu'il aime les enfants, lui conseilla Morgane, car elle gardait en mémoire le désastreux Léo.

— Je vais faire une petite annonce : « Cherche Prince Charmant aimant les petites filles embêtantes », dit Bart.

« Et je vais l'afficher dans le bureau du professeur Mauvoisin. » Mais ça, Bart ne le dit pas.

D'ailleurs, Nicolas Mauvoisin le tenait à distance depuis quelques jours. Il le saluait de loin d'un signe de la main et, au lieu de s'avancer vers lui, il s'éclipsait. Bart se posait des questions. Mais l'explication était simple. Nicolas n'avait pas envie de parler de Siméon avec son frère aîné. Il savait que le traitement mis en place tenait de la roulette russe. Comme le garçon souffrait trop, d'un commun accord avec Joffrey, Nicolas avait augmenté la dose de morphine. Elle coulait maintenant en continu. Siméon somnolait le plus souvent et s'enfonçait de temps en temps dans un noir sommeil de malade. Il ne tolérait plus aucune nourriture et était donc entièrement alimenté par des perfusions. Quand Bart refermait la porte de la chambre 117, le silence y était tel qu'il lui semblait entrer dans un tombeau.

Ce mercredi, encore tout plein des parties de rigolade avec les petites sœurs, Bart espérait que Siméon aurait un ou deux moments de lucidité et qu'il pourrait lui mimer Venise et Morgane. Mais l'après-midi s'écoula dans l'entonnoir du sablier, grain à grain, inexorable, sans que Siméon soulève une paupière. Évelyne entra, changea la poche de médicaments et, goutte à goutte, la perfusion continua de passer.

— Ça ne sert à rien, dit Bart, maussade, à l'infirmière.

Elle lui pressa l'épaule sans répondre. La nuit tomba sur le jardin de l'hôpital. L'heure des visites était passée. Bart savait qu'il ne pourrait même pas se réconforter en retrouvant les petites. Aimée, qui les avait gardées, allait les remettre à Josiane. Bart restait, espérant une minute, rien qu'une minute de grâce. Tout engourdi, il s'extirpa de l'unique fauteuil. Il s'assit au bord du lit. Siméon respirait calmement, les traits plutôt détendus. Bart lui prit la main. Elle était glacée. Le froid saisit Bart tout entier. « Il est en train de mourir. »

— Mon petit frère, murmura-t-il.

C'était drôle, ce cadeau que la vie lui avait fait, cette fratrie un instant offerte sur un plateau et qui, maintenant, lui passait sous le nez. Depuis le début, avant même d'être né, il avait déjà tout perdu.

— Voilà, dit-il en reposant la main.

Il se leva, recru de chagrin. Il partit droit devant lui pour se perdre tout à fait, errer dans la capitale, boire, danser, draguer. Au matin, il mit rapidement à la porte le garçon qu'il avait ramené et il s'habilla plus strictement qu'à l'ordinaire. Il voulait passer au lycée Sainte-Clotilde et dire au proviseur que Siméon n'aurait plus jamais besoin de notes ni de polycopiés.

Monsieur Philippe fut très affecté par la nouvelle. C'était cet homme qui, ayant remarqué l'exceptionnel élève qui fréquentait son établissement, avait pris le risque de lui faire enjamber les classes. La fois où Barthélemy était venu l'avertir de l'hospitalisation de son frère, le proviseur avait été un peu surpris par le «genre» du jeune homme. Puis il s'y était habitué et l'avait même pris en amitié.

— Vous êtes sûr ? lui dit-il. Il n'y a plus rien à espérer ?

— Il ne parle même plus, balbutia Bart, retenant difficilement ses larmes.

— Ses camarades lui avaient préparé tout un classeur pour lui faciliter ses révisions d'histoire. C'était très bien fait, soupira le proviseur.

Il avait rarement vu autant de constance dans la solidarité. Il était navré pour Bart, pour Siméon, pour tous ces jeunes. Bart releva la tête, traversé par une idée.

— Je voudrais les remercier.

Lui qui s'était toujours servi des autres et les avait jetés après emploi, comme le garçon de ce matin, il avait envie de dire «merci». Le proviseur jeta un regard d'appréhension sur le jeune homme mais regretta tout de suite son hésitation.

— Venez, dit-il. Ils sont en cours de philo.

L'entrée de ce trop joli garçon fit sensation dans la classe de terminale. Dès que Bart se mit à parler, quelques sourires ironiques se dessinèrent sur les lèvres des garçons. Qui s'effacèrent presque aussitôt.

— Je suis le frère de Siméon, commença Bart. Je voulais vous remercier en son nom de l'aide que vous lui avez apportée.

Bart n'était pas un habitué des grands discours en public. Aussi conclut-il sommairement :

— Mais ça ne va plus... Enfin, je veux dire, Siméon

n'est plus capable de… de travailler. Alors, le bac, eh bien…

Sa parole se désagrégeait.

— Je vous souhaite de le réussir. Et voilà… Ce jour-là, vous penserez à lui, hein ?

L'émotion avait figé chacun, chacune.

— Nous penserons aussi à vous, dit à Bart le professeur de philosophie.

Le jeune homme quitta le lycée presque en courant et il courut jusque chez lui. Il s'allongea sur son lit et s'endormit. Il ne s'éveilla qu'à 15 heures passées.

D'habitude, à cette heure-là, il était dans la chambre 117. Mais il ne savait plus pourquoi il irait puisque Siméon était ou mort ou mourant. Il se força à prendre un café, à mettre une chemise propre et, traînant les pieds, il se rendit à l'hôpital Saint-Antoine. Il croisa de pauvres parents naufragés dans les couloirs, les parents du petit Philippe. Ils s'entre-regardèrent. Inutile de se demander des nouvelles. Bart poussa la porte de la chambre 117.

— Mais pourquoi tu arrives si tard ?

Bart eut un tel choc qu'il faillit hurler de terreur. Siméon ressuscité.

— Mais tu n'es pas mort ? balbutia-t-il stupidement.

— Tu y comptais ? répondit Siméon du tac au tac.

Ses yeux brillaient fiévreusement. L'intelligence y avait rallumé sa flamme.

— Ils ont diminué la morphine, expliqua Siméon. Et je crois qu'ils arrêtent le traitement.

La veille au soir, peu après le départ de Barthélemy, Joffrey et Mauvoisin avaient décidé de suspendre la chimiothérapie. Seuls l'alimentation et quelques antalgiques continuaient de passer par la perfusion.

– Tu m'as apporté les derniers cours? demanda Siméon.

Bart secoua la tête, totalement désemparé.

– Ben non. Je t'avais enterré, moi.

Il ne parvenait même pas à se réjouir. Il lui fallait inverser le cours des choses et le courant l'avait emporté si loin qu'il n'y arrivait plus. La porte s'ouvrit derrière lui. C'était Maria, l'aide-soignante.

– Qui est-ce qui va nous prendre une bonne infusion? dit-elle chaleureusement. J'ai mis deux biscuits avec.

C'était du tilleul avec deux boudoirs. Bart regarda le plateau sur les genoux de Siméon comme si c'était la chose la plus fabuleuse qu'il ait jamais vue.

– Il va manger tout ça? s'affola-t-il.

Quand Siméon porta le premier biscuit à sa bouche, il s'écria:

– Pas trop vite! La moitié, seulement...

Mais Siméon mangea tout le biscuit, et aussi le deuxième, en souriant avec les yeux. Bart s'était assis, un peu calmé.

– Je vais dormir, dit Siméon, en repoussant faiblement le plateau.

À partir de ce moment-là, Bart compta les minutes, puis les quarts d'heure. Il s'attendait à ce que Siméon geigne, appelle, vomisse en pleurant d'épuisement. Mais non, il dormait. Bart, comme la veille, s'assit sur le lit. Il lui prit la main. Elle était chaude, trop chaude. Siméon avait de la fièvre. De nouveau, la porte s'ouvrit. C'était Joffrey.

– Il a de la fièvre, signala Bart en se relevant.

Joffrey fit une légère grimace et porta la main au front de Siméon.

— C'était trop beau, fit-il entre haut et bas.

Il sortit de la chambre sans explication. Muet, appuyé contre le mur, Barthélemy assista au va-et-vient de l'infirmière, du médecin, de l'aide-soignante. Prise de température. 39,5°. Prise de sang. Analyse d'urine. Changement des poches de médicaments. Antibiotiques. On oubliait Bart dans la nuit qui descendait de nouveau sur le jardin de l'hôpital. Y croire. Ne plus y croire. Y croire encore. Ne plus y croire. Quel infernal carrousel ! La révolte montait en Bart. Qu'on arrête ! Que tout s'arrête ! De quel droit s'acharnaient-ils sur Siméon ?

— Vous voulez bien sortir ? lui demanda Évelyne, la voix strictement professionnelle.

Dans le couloir, Bart vit les parents du petit Philippe qui pleuraient dans les bras l'un de l'autre. La révolte cria en Bart. Mais qu'on jette une bombe sur tout ça ! Qu'on en finisse avec la vie, une bonne fois ! Dans l'escalier, un homme montait, les mains dans les poches de sa blouse ouverte. Mauvoisin. Bart eut envie de l'injurier. Nicolas sourit en l'apercevant.

— Alors, ça va mieux ?

— Quoi ? lâcha Bart comme quelqu'un qui se prend un coup de poing dans l'estomac.

— Siméon… Vous n'avez pas remarqué ? s'étonna Nicolas. On a arrêté la chimio. Il a très bien réagi au traitement. Les dernières analyses sont bonnes.

— Mais il a plus de 39 ! cria Bart. Quand c'est fini avec un truc, ça recommence avec un autre. C'est pourri, votre médecine !

— Joffrey vient de m'avertir, répondit sèchement Mauvoisin. C'est probablement une infection urinaire. On revient de plus loin que ça, vous savez.

Ils avaient frôlé la catastrophe avec Siméon. Mauvoisin en avait eu des insomnies. Tout ça pour se faire engueuler par cet abruti. Il enfonça un peu plus les mains dans les poches et s'éloigna, plus mécontent que jamais.

Chapitre 13
Qui n'existe pas pour ne pas porter
la poisse aux Morlevent

Chapitre 14
Où l'on navigue à vue mais où l'on ne sombre plus

L'horizon s'éclaircissait.

— C'était la bonne solution, cette fois, triompha Joffrey.

C'était l'heure où les deux médecins faisaient le point. Mauvoisin gardait le silence. Il repensait aux jours et aux nuits qu'il venait de traverser. C'était inepte. Il ne pouvait pas détruire sa vie pour chaque malade en mauvaise passe.

— La fièvre est tout à fait retombée ? demanda-t-il.

— 37,1°, ce matin. On maîtrise la situation.

— La transfusion ?

— Pas nécessaire. Les globules blancs sont bien remontés. Reste l'anémie. Mais il se remet à manger.

Siméon n'avait plus de nausées, plus de vomissements. Ce n'était pas la leucémie qui provoquait les troubles digestifs, mais la chimiothérapie. Bart, émerveillé, regardait son frère marcher dans le couloir en poussant la perche. Il arrivait en avance pour le voir déjeuner. Il restait après l'heure des visites pour le voir dîner. Il n'était jamais rassasié de ce spectacle : voir son frère manger.

Trois jours après l'arrêt de la chimiothérapie, Mauvoisin entra dans la chambre 117. Bart se releva de son fauteuil, aussi précipitamment que si on lui avait piqué les fesses. Il n'avait pas revu Nicolas depuis qu'il s'était montré désagréable avec lui dans l'escalier.

— Je... je regrette pour l'autre jour, bafouilla-t-il, en rougissant presque.

Mauvoisin secoua la tête pour indiquer que c'était oublié. Il s'approcha de la perche où pendait encore un sac de liquide transparent. Il agita la poche presque vide puis il se pencha vers Siméon. Tout doucement, il décolla le sparadrap qui maintenait la perfusion. Puis, encore plus doucement, il enleva l'aiguille.

— Fini.

Le malade et son médecin se regardèrent dans le fond des yeux.

— Qu'est-ce que tu dirais de sortir lundi? demanda Nicolas.

— Sortir de... de l'hôpital? murmura Siméon, incrédule.

— Tu t'imagines que tu vas nous squatter encore longtemps? riposta Mauvoisin, faussement grondeur.

Bart s'était approché, bras croisés, sourcils froncés. Le professeur lui jeta un regard de côté.

— Où va-t-il aller? lui demanda-t-il à propos de Siméon.

— Dans son trou à rats, à la Folie-Machin.

Bart se mit à rire très vite pour indiquer qu'il plaisantait.

— Chez moi, ajouta-t-il simplement.

Mauvoisin approuva d'un signe de tête. Comme Évelyne entrait pour faire quelques soins, Nicolas et Bart sortirent ensemble.

– Je voudrais vous demander…

Bart avait attrapé Mauvoisin par la manche de sa blouse. Nicolas baissa les yeux sur la main de Bart. Il la retira comme s'il s'était brûlé.

– Siméon est guéri ?

– Nous avons obtenu une rémission complète.

Malgré lui, Bart reposa la main sur le bras de Mauvoisin. C'était pour lui interdire de se dérober.

– Laissez tomber votre jargon. « Rémission », ça veut dire quoi ?

De nouveau, il fronça les sourcils. Il voulait s'interdire à lui aussi de fuir. Il voulait écouter. Écouter et comprendre.

– On parle de « rémission » et de « rémission complète », comme c'est ici le cas, lorsque l'examen du sang et de la moelle ne présente plus aucune anomalie. Il n'y a plus de différence entre Siméon et vous.

Bart fit la grimace.

– Les cheveux vont repousser, le rassura Nicolas. L'appétit est en train de revenir et le poids va remonter.

Quelque chose continuait de gêner Bart.

– Mais alors, pourquoi vous dites « rémission » et pas « guérison » ?

– Parce qu'on ne sait pas, avoua Nicolas. Apparemment, nous avons détruit toutes les cellules leucémiques.

En un éclair, Bart revit les parents du petit Philippe errant dans les couloirs.

– Il y a des risques de rechute, c'est ça ?

– Voilà, reconnut Mauvoisin. Cela reste un peu mystérieux, encore à l'heure actuelle. On pense que certaines cellules leucémiques, probablement modifiées, s'enferment dans un territoire limité. Elles sont en quelque sorte endormies. Mais quelque chose peut les réactiver. C'est pour cela que nous allons entreprendre un traitement d'entretien avec Siméon. D'abord tous les mois, puis tous les deux mois, puis tous les trois mois.

Il sourit, donna une tape sur le bras de Bart et conclut :

– Mais on fera une trêve avant le bac. Il veut l'avoir. On veut tous qu'il l'ait. Maintenant, excusez-moi. J'ai à faire.

Mauvoisin s'éloigna à grandes enjambées, sentant dans son dos le regard de Barthélemy.

Le lundi fut un grand jour. Au-delà de Joffrey, d'Évelyne et de Maria, tout le service du professeur Mauvoisin s'était attaché aux deux frères et à leur histoire singulière. Ce fut donc, dans cet endroit où l'on menait une guerre éprouvante contre la maladie, comme un instant de répit. Siméon serra une dizaine de mains en attendant l'arrivée de l'ambulance. Joffrey présenta les excuses du professeur Mauvoisin qui était avec les parents du petit Philippe décédé dans la nuit. Bart eut un bref mouvement de dépit dont il eut tout de suite honte.

– Pauvres gens, dit-il sincèrement.

Mais Joffrey avait encore à s'acquitter d'une mission assez gênante. Il sortit une enveloppe cachetée de la poche de sa blouse

– C'est de la part du professeur, dit-il en la tendant à Bart. Quelques conseils, je pense…

C'était fort peu probable.

– Oui, c'est ça, répondit Bart comme si la chose était convenue avec Mauvoisin.

Il la plia d'un air distrait et la glissa dans la poche revolver de son pantalon. Puis il regarda son jeune frère que la maladie avait flétri. Un léger duvet lui ombrageait déjà le crâne.

– On y va, poussin ?

L'ambulance était au bas des marches. À l'épaule de l'infirmier, Siméon préféra celle de son frère aîné et il s'éloigna du cauchemar, soutenu par Barthélemy.

Il n'y avait qu'une chambre chez Bart. Il la proposa à son frère qui refusa. Le canapé du salon lui suffisait et un coin pour poser ses livres et ses cahiers.

Quant à ses vêtements, ils tenaient dans une valise.

– Pas la peine de déballer, dit Siméon. Je repars à l'hosto dans trois semaines.

Bart s'assit dans le fauteuil et les deux frères se regardèrent. Un même sourire les unit où la tendresse se mêlait à la moquerie.

– Merci pour tout, dit Siméon.

– Merci pour le reste.

Merci d'être entré dans ma vie sans crier gare. Merci d'en avoir changé le cours et de m'avoir changé. Mais comme tout cela ne s'avoue pas quand on est le frère aîné, Bart n'ajouta rien. Siméon attrapa un livre.

– Je te laisse, dit Bart, qui avait un autre rendez-vous.

Une fois dans sa chambre, il sortit l'enveloppe cachetée. Il l'agita un moment à la manière d'un éventail. Il essaya de deviner ce qu'elle contenait. Un rancard ? Une déclaration ? Il l'ouvrit.

Cher monsieur Morlevent,

Je regrette de ne pouvoir assister au départ de Siméon.

Permettez-moi de vous écrire ce que j'aurais souhaité vous dire. Quand je vous ai vu la première fois dans mon bureau, je n'aurais pas parié un kopeck sur votre dévouement fraternel. J'espère que vous ne m'en voudrez pas de vous l'avouer maintenant, puisque les événements m'ont donné tort. Je dois revoir Siméon dans trois semaines et j'aurai plaisir à vous saluer par la même occasion.

Veuillez croire, monsieur Morlevent, en mes sentiments les meilleurs.

Nicolas Mauvoisin

– Hypersex, s'amusa Bart en s'allongeant sur son lit.

Mais il aurait bien dû se douter qu'un homme de la stature de Mauvoisin n'allait pas craquer sans façons pour un gamin dans son genre. Nicolas se méfiait et il n'avait pas tort. Car Bart était plus que volage. Volatil. Le soir même, au dîner, il fit endurer à Siméon la compagnie d'un petit copain vietnamien. Et ce n'était même pas l'inventeur du Tamagotchi, mais l'un de ses dix-sept cousins.

Pendant les quinze jours qui suivirent, les deux frères firent des efforts pour ne pas se heurter. Lorsque Siméon, lisant Nietzsche, voyait son frère relire son *Spirou*, il se permettait tout juste de lui demander affectueusement :

– Tu n'avais pas tout compris, la première fois ?

À quoi Bart répondait, non moins affectueusement :

– Je t'emmerde.

Mais comme il avait deviné que ses « conquêtes » n'enchantaient pas Siméon, il évitait désormais de les ramener à la maison, du moins dans les heures ouvrables. Le quotidien des deux frères était donc tout à fait supportable, d'autant que Bart avait trouvé un vague emploi à mi-temps dans un café. Et surtout, il y eut un mercredi, un merveilleux mercredi, un mercredi où Josiane lâcha à regret les deux petites filles au pied de l'escalier.

– Regarde, Bart, je t'ai apporté le Prince Charmant !
Venise brandissait un horrible Ken couronné que Josiane lui avait acheté.

– Hein, tu l'aimes ? Fais-lui un bisou ! Fais-lui un bisou !

– Il a rougi ! hurla Morgane, presque aussi excitée que sa sœur. Il est amoureux... eux !

Siméon, pourtant plus pudique que ses sœurs, riait franchement.

– Mais vous êtes cons, les Morlevent ! s'écria Bart, qui s'amusait tout autant.

Ce fut un mercredi immobile entre les quatre murs du salon, un mercredi très court et très long, où la fratrie Morlevent savoura la douceur d'être quatre.

– Deux frères, deux sœurs, dit Venise en montrant sur ses doigts.

Ce fut un mercredi sans *pow-wow*. Pour Morgane et Siméon, les rives de l'enfance étaient déjà trop loin. Ils avaient terriblement grandi. Mais comme ils avaient besoin de se rafraîchir les yeux, ils restèrent longtemps, tassés l'un contre l'autre sur le divan, à regarder jouer Venise et Barthélemy.

Ce fut un mercredi sans lendemain, car Josiane fit tout ce qu'elle put pour empêcher d'autres retrouvailles.

Trois jours avant la nouvelle hospitalisation, Bart accompagna son frère à la prise de sang. Les gens du laboratoire les reconnurent et offrirent une chaise… à Barthélemy. Les résultats de l'analyse allaient présenter un double intérêt. Elles confirmeraient peut-être la rémission et diraient si l'état général de Siméon, notamment le nombre de ses globules blancs, permettait un nouveau traitement d'une semaine. Sur le chemin du retour, Siméon montra quelques signes de fatigue et d'essoufflement. Il eut même un instant peur de chanceler. Il s'arrêta au milieu de la chaussée.

— Attends, dit-il à Bart.

Le grand frère aurait pu proposer son bras. Mais en pleine rue, Siméon aurait refusé et Bart savait parfaitement pourquoi. Il attendit donc que Siméon ait récupéré puis repartit avec lui du même pas.

La veille de l'hospitalisation, les deux frères ne cessèrent de s'accrocher sur des broutilles, un livre égaré, une chemise pas lavée. Ils étaient nerveux comme deux chats. La sonnerie du téléphone fit pousser un cri aigu à Bart.

— Bonsoir. Professeur Mauvoisin. C'est… Bart ?

— Oui, je… oui.

— Je vous attends pour demain matin, 9 heures. Les analyses sont bonnes. On peut y aller.

— Ah ! Donc, la rémission…

— Rémission confirmée, fit Nicolas sur le ton d'un pilote de chasse.

Mais selon l'expression de Joffrey, on allait encore sortir l'artillerie lourde. L'ennemi avait été repoussé, mais pas forcément exterminé. Si la leucémie contre-attaquait, les médicaments qui avaient apporté une première victoire ne seraient plus d'aucune utilité. Le traitement d'entretien n'avait d'anodin que son appellation. Siméon fut branché à 10 heures et, dès le repas de midi, il vomissait. Bart eut envie d'arracher la perfusion qui détruisait tous ses patients efforts pour faire manger son frère. Il se contint et prétexta des courses à faire.

Le lendemain, il se passa une chose assez curieuse. Juste avant le déjeuner, monsieur Philippe, le proviseur, vint rendre visite à son jeune élève. Il tint compagnie à Siméon pendant le repas. Le garçon eut un haut-le-cœur passager mais ne vomit pas. Juste après le repas, le professeur de philosophie entra dans la chambre 117. Il apportait à Siméon un excellent livre de Comte-Sponville : « Une vraie mine de citations pour le bac ! » Dans le courant de l'après-midi, la juge des tutelles et le délégué de la classe de terminale passèrent aussi. Le lendemain, Aimée vint montrer son gros ventre.

— C'est une fille, annonça-t-elle à Siméon. Votre frère est très content. Il m'a dit : « Pourvu qu'elle soit aussi conne que jolie pour mettre toutes les chances de son côté ! »

Siméon se mit à rire. C'était tout Bart, ça. Dès qu'Aimée fut sortie, Bénédicte entra, tenant Morgane et Venise par la main. Joffrey avait accepté de les laisser entrer puisque Bart faisait la pluie et le beau temps dans le service.

— C'est extraordinaire, tout ce monde qui vient me voir, remarqua Siméon, le soir. Tu ne trouves pas, Bart ?

— Si, si. C'est à croire que tu es intéressant.

Mais Bart, qui avait tout mis sur pied, n'avait qu'assez peu de raisons d'être étonné. La semaine passa très vite et, triomphe de l'esprit sur la matière, comme aurait dit le prof de philosophie, Siméon ne trouva même plus le temps de dégueuler, comme le dit réellement Barthélemy.

Chapitre 15
Où Siméon tient jusqu'au bout

— Je veux voir la psychologue, dit Morgane un matin.

Josiane était en train de préparer les petites pour l'école. Elle eut un tressaillement de surprise.

— La psychologue ? Celle de Venise ? Mais pour quoi faire ? Tu as un problème à l'école ? Il y a des enfants qui t'embêtent ? Tu penses à ta maman ?

Morgane opposa à Josiane ce visage fermé dont elle n'avait pas la clef.

De guerre lasse, la jeune femme supposa que Morgane était jalouse de Venise, qui suivait une psychothérapie tous les samedis.

— Je vais voir si madame Chapiro peut te recevoir aussi, promit Josiane.

— Merci, dit gravement Morgane.

La petite fille souffrait. Sa sœur lui avait dit que sa psychologue soignait les chagrins. Elle voulait donc se faire soigner.

Dorothée Chapiro accepta de la recevoir un mercredi après-midi. Elle lui indiqua qu'elle pouvait parler, dessiner, faire de la pâte à modeler ou jouer à la poupée. Morgane parut un peu étonnée.

— Je viens parler. Est-ce que vous répétez les secrets ?

— Jamais !

— Alors je vais vous dire mon secret.

Morgane parlait très bas et tête baissée.

— Quand Maman est morte, on a fait un jurement, moi, Venise et Siméon.

— Un jurement ? répéta la psychologue.

— Oui. On a juré qu'on pourrait pas nous séparer.

Morgane releva la tête et précisa :

— Le jurement, c'est : « Les Morlevent ou la mort. »

— Les Morlevent ou la mort ? fit la psychologue en écho.

— Oui. Et on est séparés.

— Vous êtes séparés ?

— Moi et Venise, on est chez Josiane. Et Siméon, il est chez Bart ou à l'hôpital. On a trahi.

— Vous avez trahi le jurement ?

— Oui.

C'était donc pour cela que cette étrange petite fille avait demandé à lui parler. Qui avait-elle le sentiment de trahir ? Sa mère, elle-même ou sa fratrie ? Un peu tout cela. Comme l'enfant semblait ne rien vouloir dire d'autre, la psychologue fut obligée de relancer la conversation.

— Avec qui voudrais-tu vivre ?

— Avec Siméon et Venise.

— Tous les trois tout seuls ?

Morgane se mit à rire.

— Non. Avec Bart aussi.

Elle n'hésita qu'un instant avant d'ajouter :

— Et Josiane.

Elle supprimait François Tanpié, le mari de Josiane. La psychologue songea que Morgane essayait de reconstituer une famille idéale, le père, la mère, les trois enfants. Et tout ce monde s'appelant Morlevent.

— Tu sais, Morgane, la vie, c'est compliqué. Les enfants ne peuvent pas tout résoudre parce que, bon, c'est aux grands de décider.

La psychologue ne s'attendait pas du tout à ce qui suivit. Cette petite fille si grave, si mûre, éclata en sanglots.

— J'ai... j'ai... ju... ju... rééééé !

Dorothée Chapiro ne trahit pas le secret de Morgane, mais elle demanda à parler à Josiane.

— Je sais que vous y êtes opposée, commença-t-elle, mais je crois qu'une thérapie familiale serait... enfin, au moins, une réunion familiale pour discuter des problèmes de garde et tout... Il faudrait que chacun donne son avis parce que, bon, les enfants ont leur mot à dire même si, bon, ce n'est pas à eux de décider...

Josiane se méfiait. Morgane allait réclamer Siméon et Venise, Barthélemy. Mais d'un autre côté, la juge des tutelles tardait à prendre position. Un jour, c'était oui. Le lendemain, c'était non. Si la psychologue voyait Bart et si elle n'était pas totalement prévenue en faveur des homosexuels, elle comprendrait bien que le jeune homme était incapable d'assumer la responsabilité éducative de trois enfants. La réunion familiale pouvait tourner en faveur de Josiane.

La juge des tutelles trouva l'initiative intéressante. La médiation d'une psychologue pourrait mettre un terme au bras de fer entre Bart et Josiane. Ce fut Laurence qui prévint Barthélemy au téléphone. Il fit semblant de comprendre et ne comprit rien. Il crut qu'on voulait lui faire passer des tests psychologiques pour juger de sa santé mentale.

— Mais non, le rassura Siméon d'un ton bourru. Tout le monde sait que tu es fou. Il s'agit d'une thérapie familiale pour qu'on dénoue ce sac de nœuds entre Josiane et toi.

Mais Bart n'en démordit pas :

— « Ils » veulent me soigner.

— Tu es parano, mon vieux, l'envoya promener Siméon.

Bart n'écoutait pas.

— Je suis pédé. C'est de naissance. Qui est-ce que je dérange ?

— Moi, dit Siméon. Tu ne vois pas que je révise ?

Car on a beau être surdoué, quand on n'a pas assisté aux cours pendant les deux tiers de l'année, il faut tout de même rattraper. Siméon était maintenant dans la dernière ligne droite avant la première épreuve, celle de philosophie.

La réunion de famille, que personne ne voulait baptiser « thérapie », eut lieu un mercredi. Bart s'y rendit à contre-cœur, fragilisé, complexé, culpabilisé d'avance. Il regarda sa sœur d'un air morne sans même la saluer. Il embrassa les petites et dévisagea la psychologue avec l'hostilité de quelqu'un qui pense être là pour se faire lobotomiser. Venise compta les chaises que Dorothée avait disposées en cercle.

— Six ! s'écria-t-elle. Bart, tu te mets à côté de moi ?

Elle confondait un peu avec le jeu des chaises musicales et attendait beaucoup de plaisir de la séance. Tout le monde s'assit. Dorothée fit le tour du cercle et nota : Morgane à côté de Siméon. Siméon protégeant Bart. Venise de l'autre côté de Bart. Josiane entre Venise et elle-même, la psychologue. Retour à Morgane, case départ de cette réunion.

— On peut dessiner ? demanda tout de suite Venise, qui avait ses habitudes en psychothérapie.

— Je ne suis pas très forte en diables, essaya de plaisanter Josiane. On est plutôt là pour parler, non ?

Elle regarda du côté de la psychologue.

— Vous souhaitez parler ? lui renvoya Dorothée.

Josiane battit en retraite.

— Pas moi, spécialement !

Siméon laissa passer trois secondes avant de prendre la situation en main.

— Je crois qu'on est là pour parler de notre tutelle, dit-il. Il y a un problème dans la mesure où Josiane et Barthélemy sont en concurrence. Jusqu'à présent, la juge des tutelles a surtout écouté les plus grands. Je crois qu'aujourd'hui, on pourrait écouter aussi les plus petits.

— Voilà une intervention tout à fait digne de ta réputation de précocité, le flatta Josiane. Mais je voudrais rectifier sur un point. Je ne me sens pas « en concurrence » avec Barthélemy.

— Ah non ? s'écria Bart. Tu essaies de m'écraser depuis que je suis né, mais on n'est pas en concurrence ?

Siméon ferma les yeux, fatigué d'avance. Ça partait bien, la thérapie.

— Tu joues les victimes depuis que tu es au monde,

répliqua Josiane. Personne ne t'a obligé à être ce que tu es.

— Et qu'est-ce que je suis, selon toi ? hurla Barthélemy.

— Moi, je préfère quand on fait des dessins, dit Venise, la voix pleurnicharde.

Le silence se rétablit.

— D'abord, je ne JOUE pas les victimes, bouda Bart. Je SUIS une victime.

— Vous êtes une victime ? répéta la psychologue, pensant tenir un bon filon.

— J'ai été abandonné par mon père.

— Et ça recommence ! soupira Josiane. Mais ici, on a tous été abandonnés par notre père.

— Moi, c'est pire, s'entêta Bart. Il n'a même pas voulu me voir.

— Évidemment, rétorqua Josiane. Il ne savait même pas que Maman était enceinte quand il est parti.

— Quoi ?

Bart arrondissait les yeux. Il avait toujours entendu dire que Georges Morlevent avait abandonné une femme enceinte.

— Elle était enceinte de toi, mais elle ne le savait pas, précisa Josiane. Ton père a disparu un 31 décembre. Je m'en souviens parce qu'on l'a attendu pour le réveillon. Toi, tu es né le 23 septembre. Donc, Maman venait de tomber enceinte quand son mari l'a quittée.

— Mais alors, glapit Bart, il ne sait même pas que j'existe !

— Il y en a qui ont de la chance, plaisanta Siméon.

Cette nouvelle ouvrait de telles perspectives à Bart

qu'il ne riposta pas. Il avait toujours cru — et sa mère lui avait toujours laissé croire — que Georges Morlevent avait sciemment abandonné une femme enceinte.

À la manière égocentrique des enfants, il en avait conclu que son père avait fui parce qu'il ne voulait pas de lui.

— Il ne sait pas que j'existe, répéta Bart pour lui-même.

— Quoi qu'il en soit, la page est tournée, dit Josiane. Et c'était un beau salaud.

— Mon père ? murmura Siméon.

— Je suis désolée de dire ça. Mais c'est un homme qui m'a laissée tomber après m'avoir reconnue, qui a abandonné ma mère, qui vous a abandonnés…

— Moi, je n'ai rien à lui reprocher, finalement, ricana Bart.

— Moi non plus, renchérit Siméon. D'abord, je ne sais pas ce qui lui est arrivé. Et puis, comme dit Goethe : « On ne devient adulte que lorsqu'on a compris ses parents et qu'on leur a pardonné. »

— On a fait le plein de citations pour le bac, remarqua Josiane.

Avec Siméon, elle hésitait entre la flatterie et la dérision.

— Moi, je voudrais dire…

Morgane avait profité d'un temps de silence pour parler. Elle, la petite qu'on oubliait, coincée entre son frère surdoué et sa sœur si facile à aimer.

— Je veux juste dire que je ne veux pas être séparée de Siméon parce que Siméon, c'est la moitié de moi. Si on sépare une moitié d'une moitié…

Morgane regardait alternativement sa main gauche et sa main droite ouvertes devant elle. Elle agita sa main gauche.

— Il y a une moitié qui est triste et elle vit plus qu'à moitié.

Cette déclaration d'amour était si pathétique que la psychologue ne put relancer le dialogue avec une de ses sempiternelles interrogations.

— Tu sais, depuis que j'ai donné de mon sang à Siméon, fit Bart, je suis moitié-moitié avec lui.

— Tu es aussi la moitié de moi, Morgane, lui dit Siméon.

— Moi, je suis la moitié de tout le monde, fit Venise, qui ne voulait surtout pas être en reste dans la distribution.

Josiane et Barthélemy eurent un regard furtif l'un vers l'autre.

— Et moi, dit Bart…

« Ça ne va pas passer », songea-t-il, en se raclant la gorge.

— Moi, heu, Josiane, c'est la moitié de moi.

Il y eut un silence, un silence qui attendait. Josiane eut un sourire très légèrement ironique en dévisageant Barthélemy.

— Je n'ai pas trop compris le jeu. Il faut que je dise que tu es la moitié de moi ou que je suis la moitié de toi ?

— Tu dis ce que tu veux, bougonna Bart.

La psychologue retenait son souffle. Il y a dans les thérapies familiales des moments de magie où chacun peut trouver un chemin pour soi.

— Je suis la demi-sœur de Bart, dit Josiane. Et à partir d'aujourd'hui, 13 juin…

Elle regarda sa montre.

— … 15 h 32, je l'accepte.

Siméon se tourna vers sa cadette.

— Bravo !

Malheureusement, Morgane gâta un peu son effet en éclatant en sanglots.

— Moi, je veux… je veux que tout… que tout…

— Secouez-la, conseilla Bart. Faut la secouer.

— Que tout le monde s'aiiiime !

Bart bondit de sa chaise et la secoua comme un prunier.

— Mais quelle horreur ! se récria Josiane.

La psychologue, éberluée, se préparait à intervenir mais les hoquets de Morgane s'espaçaient déjà. Tout content, Bart regarda sa sœur aînée.

— Tu vois, faut la secouer.

— Hypersex ! le félicita vigoureusement la dernière-née des Morlevent.

Dix jours plus tard, Bart conduisit son frère à la première épreuve du baccalauréat. Philosophie. Quatre heures à plancher. Siméon était pâle, le cheveu ras, le souffle court.

— Ça ira ? dit Bart, plus paniqué qu'une mère de famille.

Siméon sourit. Si l'effort ou l'émotion ne provoquait pas une syncope, il s'en sortirait. Quatre heures plus tard, Bart vint le récupérer à la sortie du centre d'examen.

— Alors ?

— « Peut-on parler d'un droit à la différence ? » lui répliqua Siméon.

C'était le sujet qu'il avait choisi.

– Les pédés ont-ils le droit de vivre ou faut-il leur coller le triangle rose*? développa Bart en se trémoussant sur le trottoir.

S'apercevant que son frère attirait l'attention des lycéens sur eux, Siméon lui flanqua un coup de poing dans l'épaule.

– Arrête ça ou je vais regretter d'avoir conclu «oui».

Ce soir-là, Siméon s'endormit presque sur son dîner. Il passa les autres épreuves dans une sorte de brouillard de fatigue, incapable de dire ce qu'on lui avait demandé ni s'il était satisfait.

– D'autres épreuves, maintenant, dit Siméon, le vendredi suivant.

Il lui fallait retrouver le chemin de l'hôpital. Une mauvaise nouvelle les y attendait dans le bureau du professeur Mauvoisin.

– Je ne peux pas faire le traitement, c'est la dégringolade des globules rouges. On va d'abord traiter l'anémie en te transfusant, Siméon. Et puis tu rentreras te reposer une quinzaine chez… Bart.

Le professeur sourit en utilisant le diminutif. Barthélemy encaissa très bien la nouvelle mais, une fois dans la chambre 117, Siméon lui donna sa propre version des propos de Mauvoisin:

* Les nazis obligèrent des hommes et des femmes à porter un triangle rose de 17 centimètres de côté pour signaler visiblement leur homosexualité. Entre 1940 et 1944, les homosexuels furent arrêtés, torturés et déportés.

— L'anémie, ça ne te rappelle rien ? C'est comme ça que ton médecin, le docteur Chalons, avait appelé ma leucémie. Je suis en train de faire une rechute.

Bart avait le plus grand respect pour les facultés intellectuelles de son cadet. Il ne trouva rien à lui opposer. Après la transfusion, Siméon put rentrer à la maison et mena une vie assez désagréable à son frère aîné. Tout l'inquiétait, des maux de ventre, un point de côté, une ecchymose. Il en voulait à Bart de ne pas remarquer ces signes évidents de rechute. Il lui en voulait tout autant de ne pas chercher les arguments contraires. Le jour de la prise de sang, les deux frères en étaient arrivés à ne plus se parler. Quarante-huit heures plus tard, Nicolas téléphonait.

— Bart ? C'est bon. Dis à ton frère qu'on peut y aller.

Barthélemy fut doublement content de l'appel : il n'y avait pas de rechute et Nicolas l'avait tutoyé.

À l'hôpital, Joffrey avertit Bart qu'on allait placer Siméon sous morphine pour « lui balancer toute la sauce » avant les vacances !

— Tu ne t'inquiètes pas comme la première fois. Ton frère va somnoler, mais ça ne veut pas dire qu'il va caner.

Bart haussa l'épaule. Il commençait à avoir l'habitude de cet univers, de son langage, de ses rythmes. Il se blindait. Quand Siméon commença à vomir, ce fut lui qui le soutint. Routine, oui, routine.

Les résultats du baccalauréat furent publiés pendant la semaine d'hospitalisation. Barthélemy, plutôt flageolant, décida de se saper comme un lord. Victoire ou déconfiture, il faudrait faire face de toute façon. Le proviseur lui avait dit que, selon la coutume de Sainte-Clotilde, les résultats des élèves seraient affichés sur le portail du lycée. Vers 11 heures, monsieur Philippe accueillerait dans le hall parents et élèves pour les félicitations et consolations d'usage.

Quand Bart arriva en vue du lycée, il y avait tout un attroupement dans la rue devant le fameux portail. Bart reconnut de loin le proviseur et le professeur de philosophie. Il leur fit un vague signe de tête. Soudain, il entendit dans son dos :

– C'est Bart. C'est le frère de Siméon.

Un murmure l'accompagna tandis qu'il marchait vers le portail. Toute la classe de terminale était là. En voyant les sourires des camarades, Bart comprit que Siméon avait le bac. Quand il fut tout près du portail, les gens s'écartèrent, lui faisant comme une haie d'honneur. C'était écrit en toutes lettres :

MORLEVENT SIMÉON MENTION TRÈS BIEN

– Oh, boy, murmura Bart, estomaqué.

Il resta un moment, sonné. Puis il se retourna, lança le poing au ciel et hurla :

– Il l'a fait !

Il y eut une salve d'applaudissements mêlés de rires. Monsieur Philippe s'avança vers Bart, radieux.

– Extraordinaire, non ?

Et, sans façons, il donna l'accolade au garçon. Bart repartit, tout gonflé de vanité et, au bout de la rue, se retournant vers tous ceux qui le regardaient s'éloigner, il lança l'un après l'autre ses poings vers le ciel. La rue parut exploser de joie.

À l'hôpital, Bart envoya valser la porte de la chambre 117 et hurla :

— Dieu existe, je me fais mormon !

Siméon sursauta et jeta à son frère un regard hébété. Il ne savait même pas si l'on était le jour ou la nuit. Bart s'accroupit près de lui.

— Tu as gagné, poussin. Mention très bien. Le carton ! Tu as compris ?

Siméon cilla puis sourit.

— Surdoué, balbutia-t-il en manière d'explication.

Il s'endormit. Ce fut Bart qui récolta les compliments du service. Tout le monde vint le féliciter et rire avec lui. Joffrey et Mauvoisin, alertés, grimpèrent l'un après l'autre l'escalier qui montait au 117. Bart attrapa Joffrey par le col de sa blouse.

— Je sais que je te fais chier, le nargua-t-il avant de l'embrasser.

Mauvoisin le regarda faire, les mains dans les poches de sa blouse. Il en sortit une pour la tendre à Bart.

— On est tous très contents, dit-il sobrement.

Puis il alla s'enfermer dans son bureau. La joie le submergeait, lui faisant venir des larmes aux yeux. C'était inepte. Tant se réjouir ! Mais cette victoire, c'était aussi la sienne. Victoire sur la mort. Peut-être sans lendemain. Mais aujourd'hui, aujourd'hui... Se laissant tout à fait aller, Nicolas ferma les yeux et murmura :

— Oh, boy...

Chapitre 16
Où la maison Morlevent trouve un toit et où le lecteur doit admettre que la vie, c'est comme ça

Avant d'entrer dans le bureau de la juge des tutelles, Bart passa en revue les conseils de son frère : « Ne joue pas les victimes, n'étale pas ta vie privée, ne dis pas d'idioties pour faire rire, tiens bon sur ce qu'on a décidé. »

— OK, murmura-t-il comme après une check-list.

Il entra. Josiane était déjà là, sûrement en train de soudoyer la juge. Bart leur lança un regard rageur qu'il effaça tout de suite d'un sourire à fossettes.

— Ça va, les filles ? fit-il, presque charmeur.

— Asseyez-vous, l'invita Laurence. Nous avons fort à faire.

Elle regarda alternativement Josiane et Barthélemy. La séance risquait d'être rude.

— Nous sommes ici, rappela-t-elle, pour attribuer à l'un de vous la tutelle de Siméon Morlevent, quinze ans, Morgane Morlevent, neuf ans et Venise Morlevent, six ans.

— Six ans depuis hier, intervint Josiane. On a fêté son anniversaire en famille.

Ça, c'était une pierre dans le jardin de Bart. « En famille » voulait dire chez les Morlevent-Tanpié.

— Actuellement, poursuivit la juge, Siméon se trouve chez Barthélemy et apparemment, tout va bien ?

Elle interrogeait Bart, qui se contenta d'acquiescer.

— Morgane et Venise sont chez vous et ça se passe bien également ?

La juge regardait Josiane.

— Très bien, assura Josiane.

Elle exagérait pour ne pas en rabattre devant son demi-frère. Venise s'épanouissait mais Morgane restait distante et mystérieuse.

— Je vous remercie l'un et l'autre de l'accueil que vous avez réservé à ces enfants, reprit la juge, qui n'avait pas oublié le rejet dont les petits Morlevent avaient d'abord souffert. Je vous demanderai maintenant de me dire, l'un après l'autre, ce que vous souhaitez pour eux.

Bart, se souvenant de ce qu'il était un homme, fit signe à Josiane de commencer.

— Je demande la tutelle des trois enfants, fit-elle, et la garde des petites.

Bart s'agita sur sa chaise. D'un geste de la main, Laurence lui demanda de patienter.

— Je sais que Siméon a beaucoup d'affinités avec Bart, reprit Josiane, en faisant l'effort de sourire à son demi-frère. Siméon est quasiment un adulte et, si son choix est de rester avec Bart, je crois qu'il faut le respecter.

— Je note ce point, dit la juge, heureuse de ce ton conciliant.

— Quant aux deux petites, je ne vois pas DU TOUT

comment Bart pourrait les accueillir chez lui, étant donné…

Bart se tint prêt à bondir de sa chaise. Étant donné quoi ?

— … le manque d'espace dans son appartement.

Josiane avait dû, elle aussi, faire un *pow-wow* avec son mari et écarter les arguments douteux.

— Par ailleurs, je souhaite faire une démarche en adoption pour les deux petites.

Elle se tourna vers son frère.

— Je n'aurai pas d'enfants, Bart. Le médecin me l'a confirmé récemment. Être mère, c'était la chose que je souhaitais le plus sur Terre et aussi pouvoir donner à des enfants ce que je n'ai pas reçu : une vraie famille.

Bart baissa la tête en commentant :

— Bien joué.

Il la releva lentement et regarda la juge.

— C'est à mon tour ?

— Allez-y, Bart, lui dit Laurence, le ton encourageant.

Josiane frissonna. La juge préférait Bart. Tout le monde préférait Bart.

— Je ne demande pas la tutelle de mon frère et de mes sœurs, dit Barthélemy avec beaucoup de chagrin dans la voix. Et je me sens trop jeune pour assumer la garde des petites. Matériellement…

— Vous bénéficieriez d'une aide, lui rappela la juge.

— Je sais… Mais, comme dirait Josiane, je suis irresponsable.

Il s'arrêta là. « Ne te pose pas en victime, c'est malsain », avait dit Siméon.

— Et puis, pour des petites filles, commença-t-il…

194

Il allait ajouter : « Je ne suis pas un exemple. » Mais il repensa à Siméon : « N'étale pas ta vie privée. Ton homosexualité ne regarde que toi. »

– ... c'est mieux, une maman, conclut-il difficilement.

– Merci, Bart, s'empressa Josiane, réellement touchée.

– Attends, se braqua son frère, je n'ai pas fini. C'est donnant, donnant. Siméon reste avec moi, tu l'as dit. Les filles restent avec toi, je l'ai dit. Mais les petites, je les veux un week-end sur deux et la moitié des vacances scolaires.

Comme dans un divorce. Voilà ce que Bart et Siméon avaient décidé. Maintenant, il fallait que Barthélemy tienne bon. Car Josiane déjà se récriait :

– Mais c'est énorme ! Ça va casser la vie de famille. Elles auront deux foyers !

– Oui, admit Barthélemy.

– Et où vas-tu les loger ?

– Chez moi, dans la journée. La nuit, Aimée met une chambre à leur disposition.

Il regarda la juge.

– C'est ma voisine du dessus, vous savez ?

Laurence haussa discrètement les sourcils. Oh oui ! Elle se souvenait de la comédie que Bart lui avait jouée.

– Elle a accouché, lui apprit-il. Une petite fille. Audrey. Je suis le parrain. Ça va poser problème parce que je suis mormon.

« Ne dis pas d'idioties », l'avait supplié Siméon.

– Je rigole, ajouta Bart précipitamment. Je ne suis pas mormon, mais je suis bien parrain. Et Aimée a une chambre pour les filles. Tout est réglé.

Josiane secouait imperceptiblement la tête. Elle était jalouse de Bart, c'était plus fort qu'elle. Elle pensait que les petites filles le préféraient. C'était injuste. Elle leur donnait tout. Lui ne savait rien faire d'autre que les bourrer de bonbons et de jeux vidéo. Mais elles le préféraient.

— Je vous remercie de faire l'un et l'autre des efforts pour sortir de l'impasse, dit la juge. Josiane, plus rien ne s'oppose à ce que vous soyez désignée comme la tutrice des enfants Morlevent. Barthélemy, acceptez-vous la charge de subrogé tuteur ?

— Vous savez, moi, les titres…

Laurence, d'un froncement de sourcils, lui fit signe d'accepter.

— Bon, d'accord, bougonna Bart, qui n'aimait guère la sensation d'être subordonné à sa sœur.

— Permettez-moi de vous exprimer toute la satisfaction que j'ai à pouvoir refermer le dossier Morlevent, dit Laurence avec une certaine solennité. Ces enfants, il y a quelques mois, ne pouvaient compter que sur eux-mêmes et sur la bienveillance des institutions. Aujourd'hui, je suis en mesure de vous annoncer la constitution du conseil de famille qui veillera sur eux et qui confirmera, j'en suis certaine, l'attribution de la tutelle à Josiane. Ce conseil est composé comme suit : mademoiselle Bénédicte Horau, assistante sociale ; monsieur Antoine Philippe, proviseur du lycée Sainte-Clotilde ; monsieur Jean Mériot, directeur du foyer de la Folie-Méricourt ; monsieur le professeur Nicolas Mauvoisin, responsable du service des leucémiques à l'hôpital Saint-Antoine, et monsieur Barthélemy Morlevent, subrogé tuteur…

— … et garçon de café, conclut Bart.

Laurence savait que Josiane n'avait pas entièrement donné son consentement. L'ophtalmologue avait eu peur de tout perdre. Elle était à présent déçue de n'avoir pas tout gagné. Malgré tout, elle embrassa son frère en s'en allant.

La juge poussa un soupir de soulagement. Elle avait protégé autant qu'elle avait pu les intérêts de Barthélemy. Le conseil de famille qu'elle avait constitué lui serait favorable en cas de litige avec sa demi-sœur. Elle sourit au jeune homme.

— Ce fut dur. Vous ne regrettez rien ?

— Vous m'auriez donné la garde de mes sœurs ?

— Honnêtement, non.

Bart haussa les épaules, fataliste. Puis, d'un ton de connivence, il demanda :

— Il vous en reste ?

Il fit le geste de casser une barre.

— Oh ! Oui, oui, rougit Laurence. Dans mon tiroir. J'en ai toujours. Vous ne le répéterez pas ?

— Top secret. Mais j'en veux. Ça me remettra.

Laurence sortit sa plaque de chocolat noir. Elle était déjà bien entamée. Elle partagea les carrés restants. Et, sous le nez de Bart, elle mordit allégrement dans le cœur dur du chocolat.

— Vous savez, dit Bart, la bouche pleine, je vous trouve hypersex quand vous mangez du chocolat.

Laurence rougit de nouveau. Ça, c'était un compliment.

— C'est vraiment dommage que vous soyez de l'autre côté, Bart.

— N'est-ce pas ?

En sortant du bureau de la juge, Barthélemy se rendit à l'hôpital Saint-Antoine. Siméon ne s'y trouvait pas. Mais le professeur Mauvoisin avait demandé à l'aîné des Morlevent de passer le voir dans son bureau.

– Alors, demanda-t-il à Bart, ça s'arrange, tes histoires de famille ?

Bart lui fit le récit de ce qui venait de se passer en mimant parfois les deux jeunes femmes. Mauvoisin riait, un peu malgré lui, car il n'appréciait pas trop les gesticulations de Bart.

– Et pour Siméon, demanda Bart, retrouvant son sérieux, ça s'arrange aussi ?

– Les dernières analyses sont excellentes. Il a repris du poids pendant l'été. Il s'est inscrit en fac de philo…

Bart se décida à poser la question qui le tourmentait.

– Tu crois qu'il va s'en tirer ?

– Avec ce type de leucémie, j'obtiens plus de quatrevingts pour cent de guérisons dans mon service.

– De guérison ? se fit répéter Bart.

– Oui.

– Et pour Siméon ?

– Je voudrais t'assurer que c'est fini. Qu'on a gagné. Mais je n'en sais rien.

Bart comprit qu'il lui faudrait se contenter de ça. Être subrogé tuteur et ne pas savoir pour Siméon. La vie, c'est comme ça. Il lui restait une dernière chose à espérer. Il se leva pour saluer Nicolas et il tenta sa chance.

– Tu n'es pas libre, ce soir, par hasard ?

– Non.

C'était dit nettement. Presque cassant. Mauvoisin avait cet air fatigué et mécontent que Bart connaissait bien.

— Ça ne fait rien. C'est juste que j'étais libre, murmura Bart en faisant de la main un geste d'abandon.

Perdant, perdu, c'était comme ça depuis le début. Pourtant, cette fois, Bart y avait cru... Mauvoisin mit ses lunettes et dévisagea le jeune homme.

— J'ai besoin d'y voir clair, plaisanta-t-il.

Il reposa doucement ses lunettes.

— Je peux... me libérer... demain midi ? dit-il lentement.

— Oh, boy ! se désespéra Bart. Mais j'ai tous les Morlevent sur le dos. C'est prévu depuis longtemps. On va au burger.

— Mais c'est une très bonne idée. Il est où, ton burger ?

Le lendemain, samedi, Josiane conduisit les petites chez Barthélemy. Elle ne les déposa pas au pied de l'escalier. Elle monta les cinq étages, elle entra, prit des nouvelles de Siméon, bavarda un instant avec Bart et lui tendit deux petits sacs à dos.

— Ce sont leurs affaires, dit-elle à son frère. Tu gardes les filles, ce week-end. Je les aurai le week-end prochain.

— C'est une manie chez toi de décider de mon emploi du temps, râla Bart.

— J'ai apporté ton Prince Charmant, le taquina Venise. Il est dans mon sac à dos.

Au moment de s'esquiver, Josiane se retourna une dernière fois. Elle voulait dire : «À demain soir, mes chéries ! » Dans le salon, Bart et Venise se chamaillaient, à propos du Prince Charmant. Morgane et Siméon avaient sorti leur livre, elle *Voyage au centre de la Terre*, lui *L'Être et le Néant*.

C'était déjà comme si Josiane n'existait plus. Le cœur serré, elle comprit que quelque chose soufflait dans ce salon. Le vent Morlevent. Brise ou tempête, c'était selon. Ces quatre-là étaient les enfants de l'homme qui avait dévasté son enfance. Quelque chose les unissait dont elle resterait exclue. Et peut-être, pour ne pas s'y briser le cœur, devait-elle l'accepter. Elle s'en alla sur la pointe des pieds.

À midi, tous quatre partirent pour le burger. Venise donnait la main à Bart. Morgane et Siméon, côte à côte, marchaient devant. Une fois attablé, Bart devint assez nerveux. Il jetait de fréquents coups d'œil vers la porte d'entrée puis regardait sa montre. Mauvoisin était en retard. Ou bien il avait renoncé. Dans le genre hypersex, un rancard au burger avec tout un tas de Morlevent, ce n'était pas un sommet. En soupirant, Bart mordit dans son hamburger.

— Oh, oh, je vois un monsieur que je connais, fit Venise.

Tous quatre regardèrent vers l'entrée. Mauvoisin venait d'arriver et il semblait chercher quelqu'un.

— C'est ton Prince Charmant ? s'informa la petite.

Morgane et elle pouffèrent de rire. Siméon leva les yeux au plafond. Mauvoisin venait de les repérer et marchait vers eux.

— Tu es incurable, reprocha Siméon à son frère aîné.

— Oui, mais pas toi, dit vivement Bart en posant sa main sur celle de son cadet.

Saisie par une inspiration, Morgane tendit son poing et fit le jurement :

– Les Morlevent ou la mort.

Les mains des deux frères devinrent immédiatement deux poings et Venise compléta la pile en y mettant le sien. Mauvoisin sourit en voyant le fragile édifice.

– Je peux ? dit-il.

Et il ajouta ses mains en tuile, tout en haut, comme on poserait un toit.

Cet ouvrage a été achevé d'imprimer
sur Roto-Page
par l'Imprimerie Floch à Mayenne
en octobre 2018